불행한
당신을
위하여

김 다 윤 장 편 소 설

불행한
당신을
위하여

팩토리나인

차례

일러두기
* 소설에 언급되는 인명, 지명, 관서명 등은 실제와 아무런 관련이 없습니다.

이 책은
사람들을 불행하게 만드는 이들을
처벌하기 위해 만들어졌습니다.

이 책을 사용하는 방법은
숫자가 적힌 페이지에 손바닥을 올리는 것입니다.
그곳에서 당신은 사람들을 불행하게 하는 이들이
받을 벌을 정해주시면 됩니다.

이러한 당신의 헌신에 대해
마땅한 보상이 주어질 것입니다.

《불행한 이들을 위하여》

1.

수상한 책

"이다온."

누가 들어도 뜻을 유추할 수 있을 만큼 뻔한 이름이다.

'따뜻한 사람이 되어라.'

그래도 다온은 그 이름이 퍽 맘에 들었다. 성과 이름 모두 엄마가 만들어주었기 때문이다. 다온의 엄마, 이성아는 남자의 성이 아니라 여자의 성도 자식에게 물려줄 수 있다고 법이 바뀌자마자 냉큼 혼인신고서에 자신의 성으로 아이 이름을 짓겠다고 제출했다. 그러고는 아이 아빠라는 사람이 지은 고루한 이름 대신 본인이 이름을 지어서는 딸을 낳자마자 자신의 성을 붙여 "이다온, 이다온." 하고 한참을 불렀다. 그러니 이다온이라는 이름은 다온의 엄마가 남편에게서 얻은 유일한 전리품이다. 그래서 가끔 다온은 뜬금없이 허공에 자신의 이름을 불러보고는 했다. 이다온, 그 이름 석 자가 너무나 소중하고 아름다워서.

'이름만큼 내 인생도 아름답고 따뜻했다면 정말 좋았을 텐데.'

그건 8년 전 그 사건 이후 다온이 속으로 자주 하는 푸념이었다.

혼자 살기엔 제법 큰 방 안에서, 역시 혼자 쓰기엔 큰 침대에 누워 무기력하게 자신의 이름만 부르던 다온은 한숨을 쉬었다.

이제 정말 일어나야지. 잠에서 깨고 나서도 한참을 가만히 누워서 아무것도 하지 않던 다온은 드디어 마음을 먹었다. 다온은 미적미적 몸을 일으켜 앉은 뒤 핸드폰을 손에 집어 들었다. 무음으로 해놓은 핸드폰에는 많은 소식이 쌓여 있었다. 납작한 스마트폰 속 메시지들을 훑어보는 무심한 얼굴과 달리 다온의 손에서 만들어진 글자들은 하나같이 즐겁고 밝았다. 다온은 가식적인 답변을 모두 보낸 뒤에 핸드폰을 대충 매트리스 위로 던져놓았다.

다온은 두 손으로 자신의 얼굴을 감쌌다.

아아. 오늘은 정말이지 무기력한 하루다. 이름을 부르는 것도 별로 효과가 없었다.

'죽고 싶어……..'

그렇지만 다온은 죽지 않았다. 그 대신, 일부러 벌떡 일어나 책상에 놓인 약 봉투에서 아침 약을 꺼내어 입에 냉큼 넣었다. 약이 녹기 전에 책상 아래 늘 놓아두는 물병을 들어 입에 쏟아부은 다음에야 다온은 방금 전 행동을 스스로 칭찬했다.

잘했어. 일단 약을 먹었으니 기분이 나아지겠지. 다온은 가라앉은 기분을 애써 띄우기 위해 노트북을 열고 아무 예능 방송이나 켜놓았다. 재미있는지 재미없는지도 모를 방송을 한참 보고 있을 때, 핸드폰의 알림이 울렸다. 방송에 그다지 집중하지 않던 다온은 기다렸다는 듯 핸드폰을 들고 문자를 확인했다.

〔고객님의 상품이 배송 완료되었습니다.〕

다온은 문자를 보자마자 바로 의자에서 일어나 넓은 방을 가로질러 방문을 열고 거실로 나갔다. 분수에 맞지 않게 큰 집에 거주하고 있는 터라 방문을 닫고 있으면 현관문 밖의 소리가 잘 들리지 않았다.

아무튼 이번에 다온이 시킨 건 요즘 유행한다는 아몬드 음료다. 주문할 때의 호기심은 거의 식었지만 어쨌든 먹을 것이니 얼른 안에 들여놔야지 싶었다.

무언가 할 일이 생긴다는 것은 좋은 일이다. 다온은 맨몸에 가벼운 원피스 잠옷만 걸친 채로 현관문을 벌컥 열었다. 그러나 현관문은 무언가에 걸린 듯 반만 열렸다.

"아, 짜증나게."

택배 기사가 현관문 바로 앞에 물건을 둔 것 같았다. 다온은 투덜거리면서도 대충 슬리퍼를 주워 신고는 다시 한번 힘을 줘 문을 열고 밖으로 나갔다.

"어?"

현관문 밖에는 두 개의 물건이 놓여 있었다. 다온이 예상했던 음료임이 분명한 커다란 택배 박스와 처음 보는 가벼운 책 하나.

다온은 쭈그려 앉아 책을 제 눈높이로 들어 올린 뒤 제목을 소리 내어 읽어보았다.

"불행한 이들을 위하여."

생소한 책이다. 이런 제목의 책은 정말이지 산 적도, 본 적도 없었다. 다온은 애초에 종이책을 많이 읽는 편도 아니었다.

낯설디낯선 그 책은 쨍하니 붉은색에 별다른 무늬 없이 금색 으로 제목만 적혀 있었다.

'이런 게 왜 우리 집 앞에 있지?'

대학가에 있는 것치곤 지나치게 비싼 탓에 같은 층에는 다온 밖에 살지 않으니 옆집 것일 리도 없고, 그렇다고 택배라기에 는 아무런 포장도 안 되어 있었다. 거기까지 생각하자 갑자기 다온의 목덜미에 소름이 돋았다. 심심풀이로 읽었던 괴담들이 떠오르며 손에 땀이 차올랐다. 다온은 얼른 책을 바닥에 내려놓았다.

그리고 오싹한 기분에 주춤거리며 자신의 것이 분명한 택배 박스만 들고 집 안에 들어왔다. 그러고도 붉은 책의 잔상이 어른거려, 머릿속을 비우려 애쓰며 꽉 찬 냉장고 안에 억지로 스무 개의 음료수를 쑤셔 넣었다.

다시 방문을 열고 침실로 들어간 다온의 시선이 무의식적으로 아까까지 앉아 있던 책상으로 향했다.

"아악!"

그 순간 다온은 높은 비명을 지르며 털썩 주저앉았다. 입술이 벌벌 떨렸다. 책상 위에 그 책이 놓여 있었다.

불행한 이들을 위하여.
불행한 이들을 위하여.
불행한 이들을 위하여.

다온이 소리 내어 읽었던 제목이 머릿속을 둥둥 떠다녔다.

'저게 뭐지? 불행한 이들을 위하여? 그게 뭐냐고! 나 말고는 집에 아무도 없는데. 누, 누가 가져다 놓은 거지? 스토커 같은 거야?'

그렇지만 어떻게? 다온은 순간적으로 방 안의 창문을 올려다보았지만 자신을 놀리기라도 하듯 창문은 모두 꽉 닫혀 있었다. 게다가 다온의 집은 4층이다.

아니, 아니. 다온은 고개를 흔들었다. 그런 것을 모두 떠나서, 잠깐 주방에서 음료를 정리하는 사이 누가 몰래 창문으로 들어와 책상 위에 저 책만 두고 가버렸다고? 터무니없이 비현실적인 생각이다.

다온은 벽을 잡고 간신히 일어나 책상으로 다가갔다. 그러고는 바로 책상 한쪽에 놓인 흰 약 봉투를 챙겨 주방으로 달려간 뒤 미닫이문을 쾅, 하고 닫았다. 거친 숨소리가 귓가에 울렸다. 다온은 약 봉투에서 아무 약봉지나 꺼내 찢은 뒤 물도 없이 입안에 넣고 삼켰다. 약을 먹은 지 얼마 안 됐다는 생각이 순간 머릿속을 스쳤지만 그런 걸 따질 겨를은 없었다. 뒤늦게 본 약봉지에는 '취침 약'이라고 쓰여 있었다. 다온이 가진 약 중에 가장 효과가 강한 약이었지만, 혹시 몰라 '필요시 복용'이라고 적힌 약도 하나 더 먹은 뒤 주방 싱크대에 기대앉아 눈을 감고 숫자를 차근차근 세었다.

하나, 둘, 셋, 넷…….

곰곰이 생각해 봐도 답은 하나밖에 없었다. 자신이 드디어 환상을 보기 시작한 것이다. 다온은 입술을 꾹 말아 넣으며 양손으로 얼굴을 감쌌다. 여기서 더한 정신병자가 됐다니! 몇 년간 꾸준히 치료받은 결실이 산산이 부서지는 느낌이었다.

몇 분을 앉아 있었을까. 다온은 문득 앉은 상태로 팔을 위로 올려 미닫이문을 스르륵 열었다. 후들거리는 다리로 간신히 일어나 천천히 자신의 방으로 걸어갔다. 문 앞에 선 다온은 반사적으로 눈을 꾹 감았다. 이 정도 시간이 지났으면 환상도 사라졌을 거야. 그러니 다시 눈을 뜨면…….

……그 책은 여전히 다온의 책상 위에 놓여 있었다.

"시발."

욕이 머리를 거치지 않고 튀어나왔다.

'정신과 약을 먹었는데도 여전히 환상을 볼 수 있나? 애초에 내가 먹는 약이라고 해봤자 항우울제나 신경안정제 정도지만……. 어지간한 정신병엔 통하지 않을까?'

혼자 아무리 생각해 봤자 의미 없는 일이다. 다온은 비척비척 일어나 책상으로 다가갔다. 이렇게 된 이상 확인해 봐야 한다. 저 책이 '진짜' 책인지. 아주 느리게 걸었지만, 어찌 됐든 침실 하나 크기여서 그 정도로는 그렇게 시간을 길게 끌 수 없었다.

다온은 빤히 붉은색 책을 바라보다가 손을 뻗었다. 손이 심하게 떨렸다. 천천히 뻗은 손이 책에 닿았다. 분명히 촉감이 느껴졌다. 아까 집 밖에서 만졌을 때와 같았다. 보통의 다른 책들과 별반 다르지 않은 느낌.

다온은 책을 들어 벌벌 떨리는 손으로 표지를 넘겨보았다. 내심 안에 아무것도 안 쓰여 있을 거라고 짐작했는데, 책 안쪽 첫 장에는 뚜렷한 글씨로 글이 쓰여 있었다.

"이, 이 책은……."

다온은 더듬더듬 소리 내어 글씨를 읽었다. 온몸에 가득 찬 공포감을 조금이라도 몰아내려고 하는 발악이었다.

"사람들을 불행하게 만드는 이들을 처벌하기 위해 만들어졌습니다."

처벌. 살벌한 표현이었다. 바로 머릿속에 떠오르는 기억이 있는 다온은 떨리는 손으로 한 장을 더 넘겼다.

이 책을 사용하는 방법은 숫자가 적힌 페이지에 손바닥을 올리는 것입니다. 그곳에서 당신은 사람들을 불행하게 하는 이들이 받을 벌을 정해주시면 됩니다.

이러한 당신의 헌신에 대해 마땅한 보상이 주어질 것입니다.

이번에는 꽤 긴 글이 나타났다. 눈으로 빠르게 내용을 읽은 다온은 홀린 듯이 한 장을 또 넘겼다. 그러자 아주 커다란 크기로 한 쪽 전체를 차지한 숫자 1이 보였다. 빠르게 뒷장을 넘겨보자 그 뒤는 텅 비어 있었다.

다시 앞장으로 돌아왔다. 흰 바탕에 검은색 커다란 숫자 하나. 대체 이게 뭐지. 다온은 인상을 구겼다. 살벌한 제목과 달리 내용은 별거 없었다. 무서운 저주의 말이나 사진 같은 게 있는 것도 아니었다.

긴장이 좀 풀린 다온은 의자에 앉아 그나마 길게 쓰여 있던 두 번째 장을 다시 한번 읽었다.

'이거 그런 건가? 행운의 편지 같은 것들……'

그러나 가볍게 생각해 보려 해도 이 책이 자신의 손에 들어온 과정을 생각하면 별거 아니라 치부하며 버릴 수도 없었다. 그냥 내버려 두거나 쓰레기통에 버려버리면 마치 저주받은 인형처럼 계속 뒤를 쫓아올 것 같았다.

그렇다면…… 책이 하라는 대로 해볼까? 원한이 담겼거나 사연이 있는 물건은 보통 하라는 대로만 하면 원한이 풀리고 평범한 물건으로 돌아가지 않던가? 평소 호러나 스릴러 영화를 즐겨 보는 다온은 영화 내용도 지식이라면 지식이라고 그거나마 끌고 와서 골똘히 생각했다.

나름대로 결심을 마친 다온은 책에 적힌 대로 일단 책상에 책을 펼쳐둔 채 숫자 1이 적힌 장을 찾아서 조심스럽게 손바닥을 갖다 댔다.

그리고, '무슨 일'이 발생한 것은 순식간이었다.

2.

불행한 구현아

아악!

다온은 자신이 비명을 입으로 내뱉었는지 잠시 헷갈렸다. 순식간에 몸이 어딘가로 빨려드는 느낌에 정신이 쏙 빠져 공포에 몸부림쳤다. 다온은 몸이 멈춘 것을 느끼고 나서야 간신히 두 눈을 떴다. 거의 실눈에 가까울 정도로 아주 조금만.

정신과 약을 먹은 것이 방금 전인데도 호흡이 거칠고 오른손과 오른발이 잔뜩 저렸다. 다온은 항상 그랬다. 긴장하거나 불안하면 왜인지 모르게 오른손과 오른발이 저리고는 했다. 주의를 다른 데로 돌려서 마음을 안정시키려는 뇌의 작용일까.

어쨌든 이번에도 현명한 뇌의 작용 덕분에 다온은 저린 발목을 쓰다듬느라 잠깐 상황을 잊을 수 있었다. 어쩌면 일부러 외면하려고 했을 수도 있다. 징말이지……. 다온은 자신의 시야에 조금씩 들어오는 낯선 풍경을 외면하고만 싶었다. 그러나 어두운 조명 속, 서서히 눈에 들어오는 방의 풍경은 다온의 방과는 확연히 달랐다.

아, 울고 싶어. 다온이 거의 들리지 않는 목소리로 중얼거렸다. 그러나 눈물은 나오지 않았다. 너무 놀라서 눈물조차 나오지 않는 것일 수도 있다. 어느 쪽이든 언제까지 가만히 있을 순 없었다. 다온은 발목 쪽만 바라보던 시선을 조심스럽게 위로 올렸다.

"악!"

그리고 그대로 뒤로 주저앉아 버렸다. 한 번 크게 소리를 지른 후에는 입술이 벌벌 떨릴 뿐 신음조차 나오지 않았다.

분명히 조명이 켜져 있는데도 살짝 어두운 듯한 방 안, 푸른 빛을 뿜어내는 존재가 있었다. 환한 빛도 아니고 방 안처럼 어둡고 푸르스름한 빛이었다. 앉아 있던 그 존재가 벌떡 일어나기까지 했을 때는 정말로 졸도할 지경이었다.

다온은 최대한 웅크리고 앉아 팔로 얼굴을 가리고 벌벌 떨었다. 예상치도 못한 심령 체험이라니. 애초에 그 수상한 책이 하라는 대로 하는 게 아니었는데, 내가 무언가에 홀렸나 봐. 다온이 중얼거렸다.

다온은 팔로 얼굴을 가리는 것도 모자라 눈을 꼭 감았는데,

시야 확보가 안 되자 이내 더 큰 공포가 몰려왔다. 겨우 마음을 다잡고 후들후들 떨리는 팔을 내리고 눈을 슬며시 뜨는데, 갑자기 푸르스름한 빛이 온 시야를 점령했다. 그 순간이 지나서야 다온은 푸른빛을 뿜는 존재가 자신을 통과했다는 걸 알았다. 무슨 일이 일어났는지 제대로 상황 파악이 안 되어서 주저앉아 눈만 끔뻑거리던 다온은 뒤늦게 팔을 움직여 뒤로 물러났다.

"어헉…… 제발……."

다온은 누구에게 하는지도 모를 소리를 내뱉고는 엉덩이 걸음으로 구석에 처박혀 눈으로 그 빛나는 존재를 좇았다. 다시 한번 다온을 관통할까 봐 무서운 탓이었다.

그는 저벅저벅 현관문 쪽으로 걸어가고 있었다. 그래. 그대로 밖으로 나가버려. 다온이 간절하게 빌고 있을 때, 그가 입을 열었다.

– 누구세요?

다온은 다시 한번 푸드득 몸을 떨었다. 갑자기 들린 목소리가 너무 평범한 여자의 목소리라 더 무서웠기 때문이다.

– 우체국 등기우편입니다! 구현아 씨 안에 계세요?

무척 평범한 대화가 이어지자 다온은 그제야 조금 정신을 차렸다. 등 뒤의 벽에 손을 대고 주춤주춤 일어나서 대화가 이루어지고 있는 현관문을 쳐다봤다. 푸르스름한 빛을 내뿜는 여자는 잠시 머뭇거리더니 현관문을 열었다.

- 누가 보낸⋯⋯.

여자가 말을 건넨 사람보다 먼저 보인 것은 불그스름한 빛이었다. 순간적으로 불꽃이 문 안으로 들어온다고 생각했다. 마치 그때처럼⋯⋯. 태양처럼 밝고 화마처럼 불길한 불꽃이 다온의 세상을 점령해 버린 듯했다. 다온은 그대로 굳어 불꽃처럼 쏟아지는 과거의 기억을 그대로 대면해야만 했다.

- 컥.

시간이 그대로 멈춰버렸다고 생각했는데, 여자의 숨 막힌 작은 비명에 세상이 다시 제 시간을 찾아 돌아갔다. 퍼뜩 정신을 차린 다온의 눈에 여자의 입을 굳게 막고 있는 남자의 두꺼운 손, 그리고⋯⋯ 여자의 발치에 떨어지는 검붉은 빛의 액체가 보였다.

"헉."

다온은 너무 놀라 본능적으로 그쪽으로 뛰어갔다. 누군가가 다쳤다. 푸르스름한 빛이 스러지고 다온이 불꽃이라고 생각했던 존재가 문밖으로 사라진다. 어둠 속으로.

"저기요! 괜찮아요?"

무의식적으로 쓰러진 존재를 향해 뻗은 손이 그대로 몸을 통과해 버리자, 다온은 다시 흠칫 놀랐다. 이곳이 현실이 아니라는 것이 와닿았다. 다온은 이제 공포를 넘어 화가 나기 시작했다.

"뭔데! 이게 다 뭐냐고! 나보고 어쩌라고!"

다온은 작은 방 안이 쩌렁쩌렁 울리도록 소리쳤다. 말끝에 울음이 묻어났지만 주저앉기는 싫어서 꿋꿋하게 서서 계속 소리쳤다.

"이제 그만해! 나가게 해달라고!"

자신도 뭐라고 하는지 모를 울부짖음이었다. 그런데 마치 텔레비전 화면이 지지직거리는 것처럼 다온의 눈앞이 일그러졌다. 반사적으로 눈을 감았다가 떴다.

"어?"

다온의 집이었다. 다온의 방. 다온의 침대. 다온의 책상…….
그리고 그 위의 붉은 책.

다온은 방금 자신이 본 게 다 뭐였는지 궁금했지만, 외면하기로 마음먹었다. 더 이상 고민할 힘이 없었기 때문이다. 모든 의문과 공포를 던져버린 채 침대 위에 누워 이불을 덮었다. 이마 끝까지.

그런데 평소에는 다온에게 달콤한 안식을 주던 어둠이 오늘은 달랐다. 자꾸만 그게 생각났다. 어둠 속으로 사라지던 불꽃, 그리고 흐르는 검붉은 피, 스러져 가는 푸른빛.

젠장. 다온은 한숨을 쉬며 이불을 걷어내고 잠시 멍하니 앉아 있었다. 잡념을 떨칠 것이 필요하다는 생각에 핸드폰을 들고는 의미 없이 포털사이트의 화면을 훑어댔다. 방금 올라온 듯한 기사 하나가 눈에 들어왔다. 머리를 비우고 싶었는데 그 기사를 보니 머릿속이 더 복잡해졌다.

〔무연고 20대 여성, 살해당한 채 5일간 방치돼…….〕

이 기사가 불편한 이유는 방금까지 한 여자의 목숨이 스러지는 모습을 정면에서 봤기 때문이겠지. 그러나 다온은 아무렇지 않은 체하며 뒤로 가기 버튼을 눌렀다. 한국이란 나라에서 여자가 살해당하는 일이 어디 하루 이틀인가. 괜히 그 여자와 겹쳐 보는 것이 이상한 일이다.

그렇게 생각하면서도 다온은 왠지 모를 꺼림칙한 기분에 저도 모르게 계속하여 그와 관련된 기사를 찾아봤다. 스스로도 집착이라고 느낄 정도로 집요한 기세였다. 그러다가 어느 구간에서 손이 멈칫했다.

〔무연고 20대 사망 구 모 씨, 가해자는 택배 기사로 추정 중.〕

구 모 씨? 꿈이나 환영이라기엔 너무나 선명했던 아까의 기억이 떠올랐다. 분명히 여자를 보고 구현아라고 했는데……. 다온은 이제 식은땀이 날 지경이었다. 혹시나, 혹시나 했지만 정말로 그 이상한 환영이 현실이라면? 게다가 택배 기사라니……. 다온이 보았던 그 기묘한 환영이 더욱 생각나는 대목이었다.

아냐. 다온은 고개를 흔들었다. 그런 식으로 위장하는 수법을 쓰는 가해자들이 드물지 않다고 들었다.

'나는 왜 자꾸 내가 보았던 게 현실일 수도 있다는 망상을 하는 거지?'

입에서 깊은 한숨이 내뱉어졌다. 다온은 진심으로 자신이 이 모든 걸 외면할 수 있는 성격이면 좋겠다고 생각했다. 수상하디수상한 책도, 누군가의 덧없는 죽음도.

그러나 다온은 도저히 떨칠 수 없는 찜찜함에 그 붉은 책을 다시 한번 펼쳐 보았다. 변함없이 보이는 숫자 1.

다온은 덜덜 떨리는 손을 그 위에 얹고 눈을 감았다. 손에 땀이 고여 책이 축축하게 젖어드는 것 같았다. 그래도 다온은 외면하지 못했다. 무연고 여성의 죽음이 이 책과 관련이 있다면 도저히 이 모든 것들을 모른 척할 수 없었다. 다온은 그런 사람이었다.

눈을 뜨니 그 방이었다.

다온은 멍하니 서서 다시 한번 푸른빛의 여성이 칼에 찔려 쓰러지는 것을 보았다. 아까와 한 치도 다름없는 똑같은 장면이었다.

이번에 다온은 붉은빛을 똑바로 보았다. 정확히는 붉은빛을 뿜어내는 남자를. 그는⋯⋯.

그는 울고 있었다. 역겹게도.

"이제 내 인생은 진짜 끝이야⋯⋯. 다 끝이라고⋯⋯."

자기 연민으로 눈물을 줄줄 흘리면서도 그는 빠르게 사건 현장을 수습했다. 마치 이 상황을 수십 번은 연습해 본 사람처럼.

사람을 찌른 칼과 손에 끼고 있던 장갑을 서둘러 택배 박스에 집어넣은 뒤 빠르게 그곳을 벗어났다. 쿵 하고 문이 닫히는 소리가 공간을 울렸다.

다온은 이번엔 가만히 있지 않았다. 이를 악물고 남자의 뒤를 쫓아 현관 밖으로 나갔다. 다온이 어둠이라고 생각한 공간은 불이 켜져 있지 않은 어둡고 긴 복도였다. 그는 복도를 마구 뛰고 있었다. 어느새 남자를 따라 허겁지겁 뛰던 다온은 환한 빛이 가까워지자 갑자기 침착한 척 걸음을 늦춘 그를 따라잡을 수 있었다.

다온은 왜 이렇게 뛰었는데도 숨이 차지 않는지 의아해하며, 갑자기 속도를 늦춘 그의 어깨를 무심코 잡아버렸다. 그 순간이었다. 시간이 멈췄다. 이번엔 다온의 손이 형체를 관통하지 않았다. 다온은 멈칫했다. 그러고 보니 바닥을 딛고 뛰어다닐 수 있었지만, 아까 푸른빛의 여자는 귀신처럼 관통했었다.

그런데 왜 이번은 다른 걸까? 다온은 얼굴이 딱딱하게 굳은 채로 그자의 어깨에 손을 대고 있다가 문득 수상한 책에 적혀 있던 구절이 떠올랐다.

그곳에서 당신은 사람들을 불행하게 하는 이들이 받을 벌을 정해주시면 됩니다.

사람들을 불행하게 하는 이. 다온이 잠깐 손을 떼자 다시 시간이 움직였고 남자는 태연히 오래된 공동주택을 나갔다. 다온은 그런 그를 쳐다보다가 무작정 달려갔다. 그에게로.

다온의 손이 그의 등에 닿았고, 시간이 멈춘 순간 다온은 조용히 말했다.

"너도 똑같이 당해."

다온은 숨을 훅 들이켜고 한 번 더 강하게 말했다.

"죽어."

인정한다. 다온은 다른 이에 대한 분노를 이자에게 분출하고 있다는 것을. 이게 말도 안 되는 환영이라는 것도 인식하고 있다. 그렇지만 다온은 사람을 죽인 이가 태연히 걸어 다니는 꼴을 환영에서라도 도무지 볼 수 없었다.

무언기기 변하지는 않겠지만, 그렇지만…….

그렇지만 이렇게까지 아무 일도 일어나지 않다니!

다온은 그곳에서 빠져나온 후 계속 인터넷 기사를 검색했지만 갑자기 무연고 사망 사건의 범인이 잡혔다거나, 혹은 그 범인이 죽었다는 기사는 발견할 수 없었다.

아, 이게 뭐 하는 짓이람. 다온은 한참을 핸드폰으로 기사를 검색해 보다가 문득 허탈해져서 침대 헤드에 등을 기댔다.

도대체 자신에게 무슨 일이 일어난 건지 모르겠다. 이렇게 된 이상 모든 걸 덮어놓고 잊는 게 나을 것 같았다. 헛것인지 뭔지 알 수 없는 일보다 일상을 지키는 게 더 중요했다. 다온은 억지로 자신이 해야 할 일들을 생각했다.

수상한 사건은 이제 모른 척하자. 안 그래도 곧 오후 수업이 시작될 시간이다. 다온은 지금 대학교 4학년 2학기 과정을 밟고 있어서, 듣고 있는 과목은 딱 두 개뿐이다. 그나마도 하나는 온라인 수업이라 실질적으로 학교에 나가는 건 일주일 중 하루였다. 사실 오늘은 무기력에 잔뜩 젖어버린 날이라, 그 하나 있는 수업도 가지 말까 하고 고민했지만, 도무지 이해할 수 없는 이상한 일이 벌어진 이상 이 집에서 좀 나가고 싶었다.

다온은 짧은 머리를 손으로 대충 쓱 만지고 편한 바지와 티셔츠를 찾아 입은 뒤에 에코백을 어깨에 메고 현관문을 나섰다.

띠리링 하고 문이 자동으로 잠기는 소리를 듣고 엘리베이터로 향하는데, 왠지 모르게 가방이 평소보다 아주 약간 무거운 듯했다. 순간 오싹한 느낌이 들었다. 다온은 가방을 어깨에서 미끄러트리고는 가방 손잡이를 꾹 잡았다.

아니겠지. 무슨…… 진짜 공포영화도 아니고. 아, 얼굴에서 식은땀이 흐르는 것만 같았다.

하지만 다온은 기본적으로 찜찜한 걸 그대로 내버려 두는 성격이 아니다. 자신이 공포영화의 등장인물이었다면 가장 먼저 죽었을 거라고 생각하면서도 다온은 반쯤 체념하고는 가방을 들어 올려 그 안을 살폈다.

역시. 존재감이 아주 대단한 붉은 책이 다온의 평범한 전공 책과 나란히 들어 있었다.

아, 스트레스 받아. 다온은 한 손으로 얼굴을 마구 쓸어내리고 비벼댔다.

우울해. 짜증나. 무서워. 다온은 이럴 때 자신의 감정을 어디에 배출해야 하는지 알고 있다. 이런 얘기를 믿어줄지 안 믿을지, 그런 고민도 필요 없다. 의지하기 싫어서 혼자 해결하려 했지만, 도저히 안 될 것 같아 다온은 핸드폰을 들어 익숙한 이름을 검색했다. 다온이 좋아하는 경쾌한 음악이 시작되나 싶다가 바로 끊기고 목소리가 들려왔다.

"응. 다온아, 무슨 일 있어?"

한껏 다정하게 말하는 여자의 목소리가 들리자마자 다온은 말했다.

"카페 스위티로 와. 기다릴게."

상대방이 지금 무슨 일을 하고 있든 상관없다는 듯한 일방적인 통보였다. 다온은 그래도 된다. 적어도 이 애 한정으로는.

다온은 대답도 듣기 전에 전화를 끊고 오피스텔 바로 옆에 있는 카페로 향했다. 학교는 이제 됐다. 어차피 가기 싫었던 수업 따위, 이제 혼자 있지 않아도 되니 굳이 갈 필요도 없다.

카페 안에 들어서자 조용한 듯 소란스러운 분위기가 다온을 감싼다. 그제야 비일상적인 공간에서 벗어난 기분이 들어 조금 안도했다. 다온은 그새 새로 올라온 건 없는지 기사를 뒤적거리며 길지 않은 시간을 기다렸고, 이내 카페 문에 달린 종이 딸랑딸랑 소리를 내는 게 들려서 고개를 들었다.

역시 그였다. 서연우. 다온의 친구.

연우는 다온을 보자마자 헐레벌떡 달려왔다. 평소에 다온이 먼저 연락을 잘 하지 않는 터라, 무슨 일이라도 생긴 줄 알았나 보다.

아니, 실제로 무슨 일이 생기긴 했지……. 다온은 연우를 보자마자 한숨을 푹 쉬었다.

"괜찮아?"

무슨 일이냐는 말보다 괜찮냐는 말부터 던진 연우는 바로 앞 자리에 앉아서 연신 다온의 얼굴을 들여다봤다. 다온은 잠시 주위를 둘러봤다. 사람은 많았지만, 연우를 알아본 사람이 있는 것 같지는 않았다. 하긴 누가 연예인이 이런 동네 카페에 불쑥 나타나리라고 생각할까.

서연우. 여자 연예인으로서는 드물게 짧은 머리에 큰 키로, 희소성을 뽐내며 현재 여자들에게 인기를 잔뜩 얻고 있다. 팬만큼 안티팬도 많지만, 명실상부 톱 연예인이다.

그렇게 연예인 생활을 하면서 번 돈을 고스란히 자신에게 쏟고 있는 멍청한 애였고. 다온은 속으로 빈정거렸다.

"다온아?"

"아, 응."

솔직히 말하자면 다온은 충동적으로 연우를 불쑥 불러내 놓고는 뭐라고 말을 꺼내야 할지 몰라서 잠시 딴생각에 잠겨 있었다.

잠시 말을 고르던 다온은 결국 다짜고짜 붉은 책을 보여줬다.

"이게 뭐야?"

아. 얘한테도 책이 보이긴 하는구나. 다온은 내심 자신에게만 보이는 심령현상 같은 것은 아닐까, 아니면 정말 자신의 환각은 아닐끼 히고 마음을 졸였던 터라 안심했다.

"잘 봐."

다온은 붉은 책을 들고 저벅저벅 카페에 놓인 쓰레기통으로 걸어가 둥글게 말아서 버렸다. 텅 하고 책이 플라스틱 쓰레기통에 버려지는 소리가 들렸다. 다시 자리로 돌아오던 다온은 의아한 눈빛으로 바라보는 연우를 보고는 한숨을 쉬었다. 정확히는 연우 앞의 테이블에 가지런히 놓여 있는 책을 보고.

분명히 눈앞에서 버린 책이 제 앞에 아무렇지도 않게 놓여 있는 것을 보고 소스라치게 놀라는 연우에게 다온은 차근차근 설명했다. 오늘 하루 동안 자신이 겪은 일들을. 그래서 학교도 안 갔다는 얘기는 슬쩍 빼고. 그렇다고 해도 연우는 다온의 시간표를 꿰고 있으니 뻔히 알고 있겠지만.

연우는 언제나 그렇듯 다온의 얘기를 진지하게 들어주었다.

"일단 책 한번 자세히 볼게."

연우는 다온의 말이 끝난 뒤 신중한 태도로 책을 자기 앞으로 가져오려고 했다.

"응?"

"너 뭐 하냐?"

다온은 책에 손을 올려둔 채로 꼼짝도 하지 않는 연우에게 한심하다는 투로 말했다.

"아니, 책이 전혀 안 움직여서."

"그게 무슨 소리야?"

다온은 책을 다시 들어 올렸다. 그러고 보니 꽤 두꺼운데 무게가 아주 가벼웠다. 워낙 이 책과 관련해서 혼란스러운 일이 많아서 미처 자각하지 못하고 있었던 부분이다. 다온은 아무렇지 않게 책을 연우의 손 위에 올려주었다. 연우는 고개를 갸우뚱거리며 이번에는 책을 열어보려고 했다.

"어? 안 열려."

이번엔 다온도 보았다. 분명히 손이 부들거릴 정도로 힘을 주고 책을 열어보려고 하는데 꿈쩍도 하지 않았다.

"도대체 이게 뭐야. 나만 읽을 수 있는 그런 책인가?"

연우와 다온의 당황스러운 눈빛이 허공에서 부딪쳤다. 이 책의 수상한 점은 끊이지 않았다. 다온은 온갖 기현상에 이제는 거의 체념한 채로 연우에게서 책을 가져와 책장을 펼쳐서 보여주었다.

"어?"

이상했다. 분명히 커다랗게 숫자가 적힌 것 말고는 일반적인 책과 다를 게 없었는데, 어느새 숫자 1이 적힌 페이지가 빨갛게 물들어 있었다.

"이게 뭐지?"

다온은 다른 페이시도 그린가 싶이 한 장 더 넘겼는데, 분명히 아까까지만 해도 텅 비어 있던 다음 장에 숫자 2가 적혀 있었다.

"진짜 미치겠네."

헛웃음이 절로 나왔다. 대체 이게 뭐지? 환상에서 나온 뒤 책은 변했는데 현실은 아무것도 변하지 않았다.

……변한 게 정말 없나?

"이거…… 빨간색으로 변한 페이지 말이야. 혹시 처리 완료됐다는 표시인가?"

다온은 붉은빛을 내뿜는 사람의 어깨에 대고 명백한 저주를 퍼부었던 것을 기억하고는 다소 멍하게 말했다.

"음, 죽으라는 말을 했다고 했지?"

연우는 무언가를 곰곰이 생각하는 것 같았다.

"사실 말이야. 정말 죽었다고 해도 우리가 그 사실을 알 수는 없잖아. 아직 범인이 안 잡혔으니까. 그러니 정말 이 책대로 그 사람이 죽은 건 아닐까?"

맞는 말이다. 현실은 변한 것 없어 보였지만, 그건 자신의 좁은 시야에서의 이야기다. 정말 그 사람이 죽었을까? 그 살인마가? 전부 비현실적인 얘기들이지만, 진지하게 고민해 주는 사람과 같이 이야기를 나누니 어쩐지 정말로 가능할 수도 있을 것 같았다.

"어떻게 이 사람 소식을 알 수는 없나?"

어느새 잔뜩 몰입한 다온은 답답함에 연우한테 토로하다가 순간 무언가가 생각나 "아!" 하고 소리쳤다.

"야, 야! 서연우! 나 네 인별 좀 써도 되냐?"

'내가 소식을 모른다면, 알 수 있도록 하면 되지!'

그리고 그러려면 일단 그 사람이 범인으로 체포되어야 한다. 다온은 그 사람의 얼굴을 알고 있는, 어쩌면 유일한 목격자니까.

다온은 할 수 있다. 아니, 다온만이 할 수 있는 일이다.

"당연하지. 얼마든지 써도 돼. 지금 인별이랑 다른 SNS 아이디, 비번 전부 톡으로 보내줄게."

"내가 무슨 내용을 쓰든 상관없어?"

"물론이야. 원하는 대로 글 써도 돼."

다온은 조금 기가 막힌 기분으로 자신을 향한 신뢰로 가득 찬 연우의 얼굴을 쳐다봤다. 연예인 SNS 계정을 빌려 글을 쓰겠다는데 저렇게 선뜻 다 알려주다니.

됐다. 쟤가 저러는 게 한두 번인가. 다온은 애써 그 신뢰 가득한 눈빛을 외면하고 자신의 핸드폰으로 연우의 인별 계정에 접속했다. 그러고는 신중히 글을 써 내려가기 시작했다.

인녕하세요. 시연우입니다. 다름이 아니라 요즘 다양하고 심각한 범죄가 무척 자주 일어나는 걸 보면서 마음이 참 아팠습니다. 특히 범인을 못 잡는 사건을 보며 안타까움을 느꼈고, 이와 관련해 제가 할 수 있는 일이 없을까 생각하던 중에 저의 SNS 계정을 이용해서 사건 관련 제보를 받을 수 있지 않을까 싶어서 글을 씁니다.

경찰에게는 말하기 무섭거나, 혹은 사소해 보여서 말하기 조금 꺼려졌던 분들이 메시지로 말씀해 주시면 제가 말씀하신 분을 밝히지 않고 경찰에 전달해 보겠습니다.

또한 사건을 공론화하는 데도 도움이 되었으면 좋겠습니다.

제가 처음으로 공론화시키고 제보를 받고자 하는 사건은 20대 무연고 구 모 씨 살인사건입니다. 이와 관련되어 조금이라도 무언가를 아시는 분은 저에게 연락 부탁드립니다.

여기까지 신중하게 작성한 뒤 다온은 연우에게 화면을 보여 주었다. 그러고는 연우가 끝까지 읽을 시간도 주지 않은 채 조금 신난 목소리로 말했다.

"이렇게 올린 다음 내가 네 인별 계정으로 제보하는 거지. 정확히는 제보하는 척을 하는 거야. 이런 사람을 봤다고! 그럼 너는 익명 제보를 받았다면서 경찰에 얘기하는 거야."

"경찰……."

연우는 다른 것보다 그 단어가 걸리는지 작게 중얼거렸다.

알고 있다. 둘 사이에서 경찰은 좀, 불편한 존재지. 딱히 경찰이 크게 잘못한 일은 아닌데도 둘은 종종 과거에 얽힌 존재나 단어에 민감하게 반응하고는 했다. 사실 다온도 내심 마음이 불편했지만, 다른 감정이 그 기분을 눌렀다. 자신이 무언가를 할 수 있다는 확신이 무기력함을 누르고 몸속에 잠들어 있던 생기를 끌어올린 것이다.

"그건 어쩔 수 없잖아. 일단 경찰에 알려야 무슨 사건이든 해결이 되지."

연우는 다온의 말에 다른 생각을 버리고 곰곰이 고민해 보는 것 같았다.

"그런데 이렇게까지 복잡하게 할 필요가 있을까? 그냥 공중전화 같은 걸 이용해서 익명으로 제보하면 안 돼?"

"싫어. 그랬다가 추적당해서 어떻게 알게 됐냐고 하면 뭐라고 설명해. 그렇지만 나와 달리 너는 연예인이니까, '익명이라서 누가 말했는지 말할 수 없어요.' 하고 버티면 경찰들도 무리하게 뭐라고 못 하겠지."

"그래. 네가 생각하는 게 맞겠지. 그렇게 하자."

역시나 순순히 알겠다고 대답하는 연우를 앞에 두고 다온은 잠시 고민에 빠졌다. 문제는 그 남자를 떠올려봐도 그냥 평범한 택배 기사 같았다는 것이다. 그런 걸로 범인 특정이 될까?

현실적인 고민이었다. 이 비현실적인 상황과는 다소 대조되는.

"아무래도 안 되겠다. 한 번 더 갔다 와야겠어."

다온은 단호하게 말하고는 책을 가져와 빨갛게 변해버린 페이지에 손을 올렸다. 아까와 달리 환한 대낮의 카페였고, 거기다 누군가랑 같이 있어서인지 무서운 마음은 들지 않았다.

"잠깐, 혹시 위험하면 어떡……."

연우의 말이 끊기고 다온은 순식간에 낯선 듯 낯익은 공간에 들어섰다. 낡고 오래된 자취방이었다. 아마 연우의 도움이 없었으면 다온이 살았을 법한.

다온은 다시 한번 반복되는 잔인한 살해 현장을 똑똑히 지켜보았다. 그러고는 문밖으로 도망가는 범인을 서둘러 따라갔다. 이번에는 공동주택 현관 입구로 나가는 것까지 확실히 보았다. 다온은 주변을 둘러보며 여기가 어딘지 파악하려고 애썼다.

낮인데도 어두운 골목 끝에 덩그러니 놓인 건물. 범인은 태연하게 빠져나가 원룸 건물들이 즐비해 있는 비교적 큰 골목으로 들어섰다. 그러자 〔하나 헤어 지원지점〕이라고 적힌 가게가 다온의 눈에 들어왔다. 지원동이라면 현재 다온이 자취하고 있는 동네였다. 바로 자신의 집 근처에서 일어난 사건이었다니. 섬뜩함이 몸을 타고 올라왔다.

다온은 충격에 잠깐 멈춰 있다가 다시 남자의 행방을 좇아 고개를 돌렸다. 붉은빛의 남자는 어느새 도로변에 주차되어 있는 택배 차량에 올라타고 있었다.

택배 차까지 있다니 이 사람 진짜로 택배 기사인가? 일단 다온은 차량의 번호를 재빨리 외웠다.

"49라 1559······ 1559······."

작은 목소리로 번호를 몇 번이나 반복해서 말했다. 그사이 범인은 차량을 타고 떠나버렸다. 더 따라가 보려고 했지만 차량이 완전한 어둠 속으로 묻혀버리자 다온은 더 앞으로 갈 수 없었다.

다온은 안타까움에 혀를 찼다. 그래도 뭐라고 제보해야 할지는 완벽하게 떠올랐다.

"나가게 해줘."

이제 범인을 잡을 시간이다. 그리고 범인이 어떻게 됐는지도 알아봐야지.

다온은 어느새 카페 의자에 앉아서 초조한 낯으로 제 얼굴을 들여다보는 연우를 마주 보았다.

"다온아 괜찮아? 너 갑자기 눈을 감고 자는 것처럼 아무 반응이 없었어."

책 속에 들어가 있을 때, 바깥의 다온은 그런 모습인가 보다. 세 번이나 그 이상한 곳에 들어갔다 나오니 이제는 이 정도 이상한 일이야 그러려니 넘어가게 되었다. 그건 그렇고, 까먹기 전에 얼른 적어야지.

다온은 자신을 걱정하는 연우를 무시하고 재빨리 핸드폰으로 연우의 SNS 계정에 모르는 사람인 척 메시지를 보냈다.

〔제가 수상한 사람을 본 것 같아서 제보해요. 그냥 평범한 택배 기사 같았는데…… 뭔가 이상하다 싶은 느낌이 드는 거예요. 자세히 보니까 포장이 뜯어진 박스를 들고 택배 차량에 타더라고요. 보통은 내릴 때 박스를 들고 있고, 다시 탈 때는 빈손이어야 하잖아요?

혹시 택배를 훔친 건가? 싶어서 좀 자세히 봤어요. 근데 막 태도도 좀 초조해 보이고, 아무튼 이상하더라고요. 그래서 차 번호를 기록해 놨는데, 이 근처에서 살인사건 일어났다니 그 사람이 생각나서 제보해요. 차량 번호는 49라 1559예요.〕

자, 이제 이 모든 게 정신병 걸린 다온의 환영인지, 그저 하룻밤의 괴현상인지, 아니면 진짜인지 밝혀질 시간이 되었다.

〔안녕하십니까. 서울 중부경찰서 형사과 강력 2팀 소속 이한진 경위입니다. 제보하신 건에 대해서 결과를 알려달라고 하셔

서 연락드립니다. 현재 말씀하신 차량을 조회하여 용의자를 체포한 상태입니다. 자세한 사항은 수사 진행 중이라서 말씀드릴 수 없지만, 귀하의 제보가 용의자를 특정하고 체포하는 데 큰 도움이 되었습니다. 감사합니다.〕

"꺄악!"

다온은 연우가 문자를 보여주자마자 환희와 소름으로 가득 찬 비명을 질렀다.

진짜였다. 다온이 본 것이 정말 현실이었다! 두근두근. 다온의 심장이 제어가 안 될 정도로 미친 듯이 쿵쾅댔다. 연우를 통해 제보를 한 지 사흘 만에 받은 문자는 다온에게 더없이 커다란 안도감을 주었다. 자신이 본 게 정신병에 의한 환영이 아니었다는 것과 살인범을 잡았다는 것. 전자와 후자 중에 무엇이 더 안도감을 주었는지는 모를 일이다.

아무튼 다온은 연우에게 경찰서에서 연락이 왔다는 소식을 듣자마자 혹시 몰라 일단 챙겨 온 붉은 책을 가방에서 꺼냈다. 그러다가 잠깐 멈칫했다. 일단 범인을 잡았다는 소식에 기쁘긴 했지만…….

"내가 죽으라고 한 거는 어떻게 된 거지? 그냥 말로 한다고 처벌이 되는 게 아닌가?"

말을 하면서 다온은 자신이 이 기묘한 상황에 지나치게 몰입

했다는 것을 깨달았지만, 이 책이 진짜라는 걸 안 이상 진지해질 수밖에 없었다. 남을 불행하게 만든 이들을 벌주는 책이라니! 다온이 정말로 원하는 일이었다. 이 책을 받기 전까진 스스로도 제 열망을 몰랐지만.

지금껏 수많은 범죄 기사를 보며 저주의 댓글이나 다는 수밖에 없었지만, 이게 진짜라면……. 다온은 그 누구보다도 이 책을 더 잘 사용할 자신이 있었다. 어느새 미지의 것에 대한 공포는 자신이 무언가를 할 수 있다는, 그리고 해냈다는 고양감에 완전히 씻겨 내려가 버렸다.

다온은 무언가 새로운 정보를 얻을 수 있을까 싶어 기사들을 미친 듯이 검색했다. 걱정스러운 얼굴을 한 연우 앞에 앉아 검색에 몰두한 지 30분쯤 지났을 무렵, 한 기사를 발견했다.

"어!"

다온은 새로 뜬 기사 중 '구 모 씨'라고 적힌 글자를 보자마자 재빠르게 클릭했다.

"20대 구 모 씨 살인사건의 용의자, 체포된 후 자해로 의식불명……."

처음엔 흥분해서 읽다가 점점 말소리가 줄어들었다. 의식불명. 순간 처음 든 생각은 '그래서, 안 죽은 건가?'였다. 스스로 한 생각에 소름이 돋쳐서 다온은 잠시 핸드폰을 내려놓았다.

인정한다. 다온은 지금 범죄자들에게 힘을 휘두를 수 있다는 생각에 흥분해서 마치 게임하듯 이 일을 즐기고 있다는 것을. 점점 마음이 가라앉자 떠오르는 건 정말로 죽은 게 아니라 다행이라는 생각이었다. 홧김에 뱉은 말에 정말 누군가가 죽어버렸다면…….

"그 책 진짜인가 봐. 죽은 것까진 아니더라도 자해에 의식불명이라니."

다온은 연우가 다소 꺼림칙한 말투로 내뱉은 말에 상념에서 벗어날 수 있었다.

"아, 물론 너를 의심하는 게 아니라, 책 내용이 정말로 모두 사실일까 그런 생각은 했거든. 처벌 부분은…… 완전히 정확하게 이루어지는 건 아닌 것 같지만 그것 말고는 다 진짠 거 같아."

연우가 다온의 시선을 의식한 듯 황급히 말을 덧붙였다.

"그러게……. 전부 사실이야."

후. 다온은 크게 숨을 내쉬었다. 그러고는 책 표지 위에 손을 얹어놓고 나름 비장하게 말했다.

"일단 정리해 보자. 이 책에 적힌 숫자 위에 손을 올리면 환상 같은 곳으로 빨려 들어가서 누군가를 처벌할 수 있어. 처벌을 끝낸 페이지는 빨갛게 변하고 다음 장에 새로운 숫자가 생겨. 그리고 처벌은 비슷하게는 작용하지만, 완전히 똑같이 작용하지는 않는 것 같아.”

연우가 고개를 끄덕였다.

“중요한 건, 어쨌든 이 모든 게 진짜고 살인범이 대가를 치렀다는 거야.”

다온은 말하면서 점점 흥분해서 목소리가 커지는 것을 알면서도 멈추지 못했다.

“솔직히 이 사람이 경찰에 잡혀봤자 징역을 얼마나 살겠어? 그렇다고 언론은? 왜 죽였는지 자극적인 기사나 몇 개 나오고, 나머지는 관심도 없었겠지. 여자 한 명 죽은 게 뭐 그리 특이하다고.”

다온은 자신의 호흡이 약간 거칠어진 걸 느꼈다. 그러나 말을 멈출 수 없었다.

“그러니 잘된 거야. 나는 아주 좋은 기회를 얻은 거야.”

이제는 연우에게 하는 말이라기보다는 스스로 하는 선언이나 마찬가지였다. 기분을 가라앉히려고 노력했는데도 잘 안 됐다. 지나치게 격양되어 있다는 걸 알면서도 도저히 침착해지지가 않았다.

“잘된 거야.”

다온은 다시 한번 말하며, 책을 들어서 품에 안았다. 처음에는 소름 끼쳤던 붉은 책이 지금은 다르게 보였다. 이를테면 무슨 마법의 책처럼.

"복수할 수 있어."

다온은 저도 모르게 이렇게 내뱉었다. 솔직히 말하자면 연우가 되묻고 나서야 자신이 그런 말을 했다는 것을 깨달았다.

"누구한테?"

다온은 침묵했고, 연우는 잠시 눈을 감았다 떴다.

"그런 건 상관없어. 그렇지? 나는 그냥 너랑 함께할 거야. 뭐든지 간에."

입을 다문 다온에게 연우가 빙긋이 웃으며 말했다.

"그렇지만 위험할 수 있으니까 이 일 관련된 건 나한테 최대한 공유해 줄 수 있어? 전부 다."

연우의 눈빛이 번쩍인다. 외모도 뛰어난 애가 웃으면서 눈을 빛내는데…… 이렇게나 살벌하다니. 얘도 제정신은 아니야.

'그리고 나도.'

다온은 책을 펼쳤다. 숫자 2가 적힌 페이지가 빛나 보였다.

"좋아. 그리고 바로 이어서 하자. 한 명은 이미 처리됐으니까, 굳이 쉴 필요 있어?"

이렇게 한 명씩 처벌하다 보면, 언젠가는……. 다온은 눈을 꾹 감았다가 떴다. 입에 미소가 걸린다. 조금 삐뚜름한 미소가.

3.
불행한 이해준

다온은 2라고 적힌 페이지에 손을 올렸다. 확 하고 어지럽게 공간이 일렁이더니 순식간에 다온을 감싸고 있는 장소가 바뀌었다. 방금까지 있었던 모던한 느낌의 카페가 아닌 대학교 강의실이다.

"어?"

다온은 새롭게 바뀐 장소를 두리번거리다가 의아해졌다. 이곳은 너무 익숙한 곳이었다. 물론 대학교 강의실이 다 거기서 거기라지만, 여기는…… 아무리 봐도 다온의 학교 강의실이었다. 우성대학교 203호는 주로 대형 교양 강의나 유명인 초청 강연 등이 열리는 장소였기에, 다온도 몇 번이나 이용한 적이 있다.

다온은 얼떨떨한 표정으로 둘러보다가 일단 붉은빛으로 빛나는 사람을 찾아보았다. 그러나 다온의 눈에 먼저 띈 것은 푸른빛의 사람이었다.

"와……."

순간 비치는 푸른빛이, 천사의 후광처럼 보였다. 마치 아이돌처럼 예쁘게 생긴 얼굴로 단정하게 앉아 있는 남자는 푸른색으로 반짝이는 빛마저 원래 제 것처럼 보이도록 만들었다.

그래서 다온은 비교적 뒤늦게 그 뒤에 있는 붉은빛의 남자를 발견했다. 다온은 붉은빛의 남자에게 시선을 줬다가 재빨리 다시 푸른빛의 남자에게로 시선을 돌렸다.

세상에! 이렇게 극과 극으로 생길 수 있다니. 다온은 속으로 탄식하고는 아직까진 별일 없이 앉아 있는 두 사람을 응시했다.

아무 일도 없는데 왜 이런 장면을 보여주지? 싶은 의아함에 좀 더 자세히 그들의 모습을 살피니, 붉은빛의 남자가 잔뜩 인상을 쓰고서는 핸드폰으로 메시지를 마구 쓰고 있는 모습이 보였다. 그리고 뒤의 남자가 메시지를 쓰는 족족 푸른빛의 남자가 들고 있는 핸드폰이 번쩍번쩍 빛났다.

다온은 좀 더 가까이 가서 살펴보기로 마음먹었는데, 사람들이 너무 빼곡히 앉아 있어서 피해 가는 게 쉽지 않았다. 그러다 무심코 발을 헛디뎌 휘청댔을 때, 그대로 사람들의 몸을 통과하자 순간 오싹함이 느껴져 새삼 자신의 상황을 깨달았다. 여기는 어디까지나 가상의 공간이고 다온은 유령 같은 존재다. 덕분에 다온은 조금 미묘한 마음을 가지고 머뭇거리다 이내 앉아 있는 사람들을 무시하고 성큼성큼 걸었다. 사람들을 통과할 때마다 눈을 질끈 감긴 했지만, 그래도 재빨리 푸른빛의 남자 앞에 도달할 수 있었다.

다온은 왠지 모를 안도의 한숨을 쉬고는 고개를 숙여 남자의 핸드폰을 자세히 들여다봤다.

〔야. 이 배신자 새끼야. 왜 답장 안 하냐?〕

〔존나 미친놈이네, 이거 ㅋㅋ〕

〔니가 다 찔러놓고 겁은 나냐?〕

〔어쩌냐. 성희롱으로 바로 정학이라도 받길 바랐을 텐데? ㅋㅋㅋ〕

다온은 눈을 찌푸렸다. 이런 식으로 조롱하는 메시지가 족히 수십 개는 쏟아졌다. 계속해서 오는 메시지를 지켜보자 대충 상황이 파악됐다. 저 붉은빛의 남자가 단체 톡방에서 같은 과 여자 학우들을 성희롱했고 그걸 푸른빛의 남자가 고발한 모양이다.

그러고 보니 다온의 머릿속에 떠오르는 일이 하나 있었다. 한 3개월 전쯤 다온의 학교에 대자보가 붙었다.

〔국어교육과의 단체 성희롱 톡방을 고발합니다.〕

그런 제목의 글이었는데, 다온의 학교가 그런대로 유명한 학교였던 탓에 사건이 인터넷 기사로 뜨기도 했었다. 그러나 사건 자체는 결과적으로 흐지부지 지나가 없던 일처럼 되었다고 들었다.

그때도 다온은 굉장히 화를 냈다. 개인적으로 국어교육과 학과 사무실에 전화까지 해서 가해자들은 어떻게 되냐고 묻기도 했다. 답변은 '규정대로 엄격히 처리하겠습니다.'라는 형식적인 말뿐이었지만, 아무튼 다온은 자신이 다니는 학교에서 일어난 부조리한 일을 가만히 앉아서 넘기지 않았다.

기본적으로 다온은 이런 걸 참고 넘어가는 게 힘든 성격이니까 '처벌'이라는 글자에 넘어가 이런 수상한 책에 손을 댄 걸지도 모른다.

다온은 두 번째 사건이 무엇인지 파악하자 잔뜩 화가 나서 붉은빛의 가해자를 노려보았다. 그러나 순간 푸른빛의 남자가 몸을 크게 움츠리는 바람에 덩달아 놀라서 푸른빛의 남자를 바라봤다.

이제 남자의 톡방에는 입에 담기도 힘든 욕설과 조롱이 올라오기 시작했다. 안쓰러운 마음에 남자를 바라보니 하얗게 질린 얼굴로 멍하니 톡방을 내려다보고 있었다. 자세히 보니 이마에 땀이 맺힌 것도 같았다.

다온은 인상을 찌푸리며 그를 바라보다 돌연 뒷자리의 붉은 남자의 머리를 향해 손을 획 하고 날렸다. 뒤통수라도 한번 시원하게 때리고 싶었기 때문이다. 그때였다. 손이 닿기도 전에 갑자기 장소가 바뀌었다.

"어어?"

'뭐야! 이번엔 나가게 해달라는 말 안 했는데……. 저절로 나가지기도 하는 건가?'

그러나 눈앞에는 여전히 붉은빛과 푸른빛이 어른거렸다. 아마 이 가상의 공간에서는 시공간을 훅훅 뛰어넘기도 하나 보다. 어느새 조용한 학교 내부 계단을 걷는 푸른빛의 남자와 그런 그를 바짝 뒤쫓아 오는 붉은빛의 남자가 보였다.

– 야.

– …….

– 야. 왜 대답 안 하냐고. 썝냐? 대자보에선 말 존나 잘 하더니? 이 새끼 웃기네.

재수 없는 남자의 조롱에도 푸른빛의 남자는 굳은 얼굴을 한 채 입을 다물고 발걸음을 빨리할 뿐이었다. 아마 이 공간을 벗어나고 싶은 듯했다. 그런 남자의 태도에 붉은빛의 남자는 열이 제대로 오른 모양이었다.

– 야! 내 말 썝냐?

그러고는 앞의 남자를 빠르게 쫓아가더니…….

펙! 순식간이었다. 붉은빛의 남자가 푸른빛의 남자 등을 세게 밀었다. 아주 세게. 쿵! 둔탁한 소리는 메아리가 되어 몇 번이고 조용한 계단을 울렸다.

－어, 어어?

붉은빛의 남자는 본인이 일을 저질러놓고는, 당황스럽다는 듯이 얼빠진 소리를 내뱉더니 뒤돌아 다시 위로 빠르게 올라가기 시작했다.

순간 놀라서 푸른빛의 남자 가까이 다가갔던 다온은 타닥타닥 하며 비상구 계단을 울리는 발소리를 듣고는 입술을 깨물었다. 그러고는 눈을 빛내며 순식간에 계단을 오르기 시작했다. 현실과 달리 이곳에서는 아무리 계단을 뛰어올라도 하나도 힘들지 않았고, 덕분에 다온은 순식간에 남자를 따라잡았다.

헉헉대던 붉은빛의 남자가 제일 위층의 비상구 계단 문 앞에 서서 호흡을 정리했다. 이대로 시침을 뗄 모양이었다. 밑의 남자는 계단에서 떨어져 어떻게 됐는지도 모르는데!

다온은 이번에도 홧김에 그 꼴 보기 싫은 남자의 등에 손을 올렸다. 저번과 같이 세상이 멈췄지만, 그래도 저번보다는 신중하게 말을 하기로 마음먹었다. 또 '죽어!'라고 했다가, 이번에는 진짜로 죽기라도 한다면…….

다온은 몸서리를 친 다음에 말했다.

"모든 이들이 너한테 등을 돌려서 평생 괴로워하길."

몇 명이나 될지 모르는 사람들을 뒤에서 모욕하고 조롱한 대가였다.

다온의 말이 끝나자마자 세상이 어지럽게 변했다. 다온은 이제는 제법 익숙하게 눈을 꾹 감았다가 잔잔하게 들리는 음악 소리에 다시 눈을 떴다.

아까의 그 카페다. 그리고 앞에는 걱정스러운 얼굴로 다온을 뚫어지게 보는 연우가 있었다.

"괜찮아?"

"괜찮지 않을 게 뭐가 있어. 그보다 이번엔 어떻게 하지?"

"왜? 이번엔 벌을 못 준 거야?"

"아니. 그게 아니라…… 피해자가 다쳤는데 어떻게 됐는지 모르겠어."

다온은 심각한 얼굴로 이어 말했다.

"우리 학교 학생이었는데 계단에서 떠밀려 다쳤거든……. 근데 어떻게 됐는지 모르겠어."

"우리 학교?"

연우가 놀란 얼굴을 했다.

"우리 학교라……. 만약 죽었거나 목숨이 위험할 정도로 심

각하게 다쳤다면 우리도 소문을 듣지 않았을까? 그렇게 생각
하면 크게 다친 건 아닐 것 같은데?"

"응. 그거야 그렇지……."

"그보다……."

그 사람을 떠올리며 걱정하는 다온에게 연우가 진지한 얼굴
로 물었다.

"뭔가 이상하지 않아? 하필 딱 우리 학교라니. 우연 치고도
지나친 거 아냐?"

"맞아. 나도 그게 너무 이상했어."

다온 역시 찜찜한 얼굴로 동의했다. 책 속에서 눈을 뜬 곳이
자신의 학교 강의실이라는 걸 알아챘을 때는 정말 놀랐으니까.

"정확히 어떤 규칙이 있는 걸까?"

"그런 거 아냐? 네 주변 사람들만 피해자로 그 책에 나타나는
거지."

"내 주변……이라고 하면 애매한데? 내 생활 반경 안일 수도
있고 내가 어쩌다 마주친 사람일 수도 있고."

다온은 덧붙여 말했다.

"하긴……. 그렇게 따지면 구현아 씨, 그러니까 첫 번째 피해
자도 나랑 같은 동네였지? 정말 조건이 물리적이든 정서적이
든 나랑 가까운 사람인 걸까?"

"맞는 것 같아. 솔직히 너무 찜찜해."

다온은 눈썹을 잔뜩 일그러뜨린 채로 말하는 연우를 황당하게 바라봤다.

"찜찜할 게 뭐가 있어? 내 주변 사람이라고 해도 나 때문에 피해를 받는 것도 아니고, 이미 피해자가 된 사람을 위해서 가해자를 벌주는 건데. 오히려 주변 사람이면 더 좋은 거 아냐? 이왕이면 모르는 사람 돕는 것보다 그래도 가까운 사람 돕는 게 낫지."

"그러다 지나치게 가까운 사람이 나오면? 이미 안면이 있는 이웃이나 친한 친구가 나오면? 피해를 받는 모습을 계속 지켜봐야 하잖아. 괜찮겠어?"

아. 연우의 말도 맞는 말이다. 어쨌든 이 일을 계속한다면 다온은 범죄 현장을 또 봐야만 하니까. 그 와중에 범죄 현장에 있는 사람의 얼굴이 자신에게 익숙한 인물이면 충격을 받을 수도 있을 것이다.

그렇지만…….

"나는 피해자가 고통받는 모습 때문에 괴로운 것보다 가해자를 벌줄 때 느끼는 쾌감이 더 커."

솔직하게 말하자면 그랬다. 처음에 구현아가 살해당하는 모습을 봤을 때는 정말 놀랐고 혼란스러웠으며 스트레스까지 받았지만……. 결국 가해자 등에 대고 죽어버리라고 했을 때, 다온은 분명히 쾌감을 느꼈다. 애써 생각하지 않으려고 했지만, 그랬다. 다온은 그런 사람이다.

'봐봐. 가해자가 정말 내 뜻대로 처벌받는 걸 알게 된 순간, 스트레스는커녕 약도 생각나지 않고 있잖아.'

그 말을 연우에게 하지 않은 건, 타인을 벌하는 걸로 스트레스를 해소하는 이상한 사람으로 보이기는 싫었기 때문이다. 이미 연우에겐 못 볼 꼴 다 보여줬지만 그래도, 그래도……. 최소한 이런 모습까지 보여주고 싶지는 않았다.

"확실한 건, 내 정신건강에 이 일이 도움이 된다는 거야."

그래서 다온은 그저 그렇게만 말했다. 도덕적으로 옳든지, 옳지 않든지 아무튼 다온에게는 도움이 된다. 그러면 된 거 아닐까?

다온이 정신건강까지 들먹이자 연우는 예상한 반응 그대로를 보였다. 입꼬리를 밑으로 끌어 내리고 '네가 그렇다면야 뭐든 괜찮아.'라는 표정을 지은 것이다.

"네가 그렇다면 그런 거겠지 뭐."

역시. 다온은 정확히 들어맞는 예측에 픽 웃음을 흘렸다. 그러면 그렇지. 어떨 때 보면 연우는 아주 극성 부모 같다. 다온이 정신적으로든, 신체적으로든 다치면 어쩌나 전전긍긍하다가도 애가 고집스럽게 나오면 두 손 두 발 다 들고 네 말이 맞다고 말해주는 그런 부모. 실제로는 그저 죄책감 때문에 숙이는 것뿐이겠지만.

다온은 순식간에 냉정한 얼굴을 했다. 연우가 무슨 생각을 하든지 상관없다. 중요한 건 다온이 처리한 일이 잘 해결됐는지, 계단에서 떨어진 그 사람은 괜찮은지 알아보는 일이다.

이건 뭐 알아보는 방법이 있긴 하지.

"다친 사람이랑 가해자, 국어교육과래. 그 사건 알지? 단톡 성희롱 대자보. 그거 고발한 사람이 피해자야."

대뜸 사건에 대해서 말을 꺼냈지만, 연우는 자연스럽게 다온의 말을 경청하고 반응해 줬다.

"아, 그러면 비교적 찾기 쉽겠네. 무슨 과인지 알고 있으니까. 음…… 일단 나는 국어교육과에는 아는 사람 없는데, 넌 있어?"

"있지. 예전 교양 수업 때 같이 조별 과제 한 사람 있어."

4학년이나 되다 보니 그래도 몇몇 과에는 안면 있는 사람이 있다. 물론 그런 다온에게 연우는 애매한 얼굴로 웃어 보이며 "나는 우리 과랑 너희 과 사람들밖에 몰라."라고 했지만.

다온은 친구 목록에서 국어교육과 학생을 찾아내 바로 톡을 보냈다. 내용은 별거 아니었다. '오랜만이야, 오늘 커뮤니티 사이트에 우리 학교 국어교육과 성희롱 대자보 글이 다시 한번 올라온 걸 봤는데, 결과가 어떻게 됐는지 궁금해⋯⋯.' 이런 내용을 최대한 자연스럽고 친근하게 적어서 보냈다. 애초에 자주 연락하는 사이는 아니라서 뜬금없겠지만, 어쩔 수 없지.

톡톡! 메신저 알림 소리가 울렸다. 초조하게 화면만 바라보고 있던 다온은 재빨리 핸드폰을 들어 답장을 확인했다.

〔언니! 진짜 오랜만이에요! 아 그거, 안 그래도 난리 났어요. 성희롱을 고발한 동기가 있는데, 일주일 전에 계단에서 넘어져 다리 다쳤대요!〕

〔솔직히 성희롱 가해자 중에 누가 민 거 아니냐고 다들 그러는데, 과에서는 조용히 넘어가자고 그러고⋯⋯. 그 고발한 동기도 신고를 안 한다고 했대요. 진짜 우리 학교 어이없어요. 성희롱 사건도 대충 넘어가고! 진짜 더러워서 정말!〕

점점 격해지는 톡을 보며 다온은 얼굴을 찌푸렸다. 어쩐지 그런 일이 있었는데도 학교가 조용한 이유가 있었다. 피해자인 남자가 혼자 계단에서 떨어진 일로 마무리가 된 모양이었다.

그 친구는 묻혀버린 사건을 물어보는 다온이 반가웠는지, 나서서 이것저것 말해줬다. 전공 시간에 조교가 와서 단순 사고이니 헛소문 퍼트리면 법적으로 문제가 있을 수 있다며 입막음까지 했다던가, 계단에서 떨어진 그 사람은 아직도 우성대학교 병원에 입원해 있다던가 하는 그런 얘기들이었다.

다온은 계속 톡톡! 소리를 내며 울리는 핸드폰을 보고 두 손으로 얼굴을 감싸 쥐었다.

"우리 학교 진짜 더럽다."

속이 부글부글 끓는다. 정말 이래도 돼? 그 물음이 다온의 턱 끝까지 올라왔다. 세상이 더러운 건 알고 있었지만, 가까운 곳에서 이런 일이 자행되고 있었을 줄이야. 그 붉은 책이 없었더라면 다온은 상황이 어떤지 전혀 몰랐을 것이다.

"벌을 너무 약하게 줬어."

피해자가 다리를 다쳤으니 가해자는 팔다리 모두 부러지라고 할걸! 다온은 이를 악문 채로 말했다.

다온은 붉은 책을 내려다보았다. 크게 2라고 적힌 페이지가 보란 듯이 붉게 변해 있었다. 이미 지나간 일이다. 어쩔 수 없다. 이제 중요한 건 처벌을 '언제' 받느냐다. 첫 번째 사건에서도, 책이 붉게 변하고 나서 며칠 뒤에나 자해 소식이 들려왔으니……. 이번에도 언제 처벌을 받을지, 그리고 어떤 방식으로 처벌이 이뤄질지 전혀 알 수 없었다.

다온은 답답함에 눈을 꾹 감았다가 떴다. 그러고는 결심을 굳히고 핸드폰을 들어 국어교육과 친구한테 메시지를 보냈다.

〔내 일은 아니지만 나 진짜 너무 화나고 억울하고…… 피해자라는 애가 안타까운데, 혹시 문병 가도 돼?〕

그 친구는 자기도 피해자를 잘 모른다고 난색을 표했지만 다온이 부당한 사건에 진심으로 화를 내는 모습을 보이자 병원 주소를 알아봐 주겠다더니, 10분 정도 지나서 피해자가 입원한 병원과 병실 호수를 알려주었다.

다온과 연우는 줄곧 있었던 카페를 나와 연우의 차에 올라타 병원 주소를 찍었다. 다온도 자신이 어떻게 하고 싶은지 확신이 없었지만, 적어도 확인은 하고 싶었다. 다온이 본 가상공간 속 사람이 현실에서 어떻게 되었는지.

"너는 차 안에 있어. 나 혼자 들어갔다 올 테니까."

"왜? 나도 같이 가."

연우가 바로 다온이 있는 쪽으로 고개를 돌리며 항변했지만 다온은 인상을 찌푸리며 "앞을 봐, 앞에!"라고 소리쳤다.

일단 고개를 다시 앞으로 돌리고서도 불만 어린 얼굴로 입을 꾹 다문 연우를 보며 다온은 툭 하고 말을 던졌다.

"야. 넌 네가 연예인인 거 자꾸 까먹는다? 네가 병원에 가면 괜히 루머 같은 게 생길 수도 있잖아."

"상관없어."

"어, 그러시겠지. 그냥 내가 찜찜하다고."

다온은 우울증 때문인지, 아니면 원래 성격이 그랬는지 종종 변덕스러운 면을 보이고는 했지만, 실제로 그걸 표현하는 대상은 연우가 유일했다. 함부로 해도 되는 유일한 사람이라는 생각 때문일 수도 있다. 괜히 가식적으로 굴지 않아도 되는 사람.

아무튼, 연우의 인별은 잘 이용해 먹은 주제에 병원엔 안 데려간다는 게 좀 웃기긴 하지만 그건 꼭 필요한 일이었고, 지금은 굳이? 싶은 일이지 않은가. 다온은 그렇게 생각했다.

다온의 말에 입을 닫고 침묵하던 연우는 문득 입을 열었다.

"오히려 날 활용하는 게 어때?"

"피해자를 만나러 가는데 널 뭐 어떻게 활용해. 사실 만날 수 있을지도 없을지도 모르는데. 연예인이니까 만나게 해달라고 무작정 떼라도 쓰게?"

"아니. 네가 저번에 첫 번째 범죄자 잡으려고 썼던 인별 있잖아. 그거 반응이 좋아. 이것저것 억울한 사건들 공론화해 달라고 메시지가 오기도 하고."

"그래서?"

"그러니까 이번 사건 피해자를 만나서, 인별 통해 사건을 접했다. 내가 공론화해 주겠다. 그러면서 대화를 시도하는 거지. 사실 그냥 너 혼자 무작정 간다고 해서 그 사람을 만날 수 있을지도 모르고, 왜 왔냐고 하면 대답하기도 애매하잖아."

이번엔 다온이 입을 꾹 다물었다. 지극히 타당한 얘기였기 때문이다. 다온은 잠시 생각하다 고개를 끄덕였다. 솔직히 말

하면 다온은 이 사건이 진심으로 공론화되길 바랐다. 단톡 성
희롱 사건부터 사람이 계단에서 떨어진 것까지 그냥 다 묻히다
니, 가해자 처벌은 물론이고 이건 대대적인 문제 제시를 통해
해결이 이루어져야 한다고 생각했다. 게다가 단톡방 성희롱이
그 붉은빛의 남자 한 명이 한 짓도 아닐 테고. 이 기회로 관련자
들 싹 신상 공개가 됐으면 하는 마음이다.

다온이 고개를 끄덕이자마자 금세 미소를 띠며 기분 좋아 보
이는 얼굴로 운전하는 연우를, 다온은 잠시 쳐다보다가 눈을
감았다. 그래, 어떻게든 되겠지. 사실상 다온이 맡은 건 붉은빛
의 사람을 처벌하는 것뿐이지만 왠지 모를 책임감이 생겼다.
무슨 신의 대리자라도 된 것처럼.

"다 왔어."

다온은 연우의 말에 정신을 차리고 천천히 차에서 내렸다.
정말, 직접 피해자를 봐서 어쩌자는 건지. 본인도 지극히 충동
적인 방문이란 걸 알고 있기에 작은 한숨을 내쉬고는 병원 입
구 쪽으로 향하는데, 조그만 바퀴가 빠르게 돌아가는 소리와
함께 요란한 말소리며 발소리가 따라왔다.

"비키세요! 응급 환자입니다!"

그 말에 다온과 연우는 재빨리 옆으로 몸을 피했다.

"어?"

다온은 순간적으로 간이침대에 실려서 스쳐 가는 사람의 얼굴을 보고 얼빠진 소리를 냈다. 고통으로 완전히 일그러진 얼굴은 피범벅이었고, 다리가 이상한 방향으로 틀어져 있었지만, 분명히 익숙한 얼굴이었다. 좀처럼 잊기 힘든 얼굴인데다가 바로 방금 전에 본 얼굴이었으니까, 한 번에 알아봤다.

그 사람이었다. 다온이 처벌을 내린 그 가해자.

이게 무슨 일이지? 다온은 얼떨떨한 얼굴로 그 사람을 실은 침대가 응급실로 향하는 뒷모습을 쳐다보았다.

"다온아, 왜 그래?"

다온의 모습이 퍽 이상해 보였는지 연우가 조심스럽게 얼굴을 살피며 물었다. 그러나 도저히 연우의 말에 대답할 정신이 없었다. 머리가 완전히 핑핑 도는 느낌이었다. 다온이 내린 처벌 때문인 건가? 타이밍을 보면 그렇겠지? 갑자기 다치다니. 게다가 피해자와 같은 쪽 다리를 다친 것 같았다.

아니, 근데……. 다온이 내린 처벌은 분명히 모두가 그 사람에게서 등을 돌리라는 것이었다. 사고가 나서 저렇게 피투성이로 응급실에 실려 가라는 건 아니었는데.

다온은 그 자리에 못 박힌 듯 멍하니 서 있다가 불현듯 병원 안으로 성큼성큼 들어갔다. 영문도 모르는 연우가 황급하게 뒤를 따라오는 것이 느껴졌지만, 다온은 아랑곳하지 않고 무작정 병실 쪽으로 향했다.

일반 병동 403호…… 403호……. 호수를 입속으로 중얼거리면서 묘한 고요함이 있는 병원을 누비며 병실을 찾았다.

〔403〕

"찾았다."

다온은 403이라는 숫자 아래에 쓰여 있는 이름을 하나하나 읽었다. 이창원, 강병식, 김현우, 이해준…….

이해준! 국어교육과 친구한테 들은 이름이다. 다온은 조심스럽게 병실 문을 옆으로 열고 들어갔다. 미묘하게 활력이 없는 시끄러움이 다온을 덮쳤다. 그 속에서 다온은 이해준을 한번에 찾아냈다. 그럴 수밖에 없었다. 정말로 눈에 띄는 얼굴이었으니까.

병문안을 온 사람과 대화하며 살짝 웃는 얼굴을 보자 어쩐지 안도감이 들었다.

다온은 속마음을 꾹 누른 채로 해준한테 다가갔다.

"안녕하세요?"

다온이 있는 힘껏 환하게 웃으며 인사를 꺼내자 해준도, 그 옆의 병문안 온 사람도 어리둥절한 얼굴로 돌아봤다.

다온은 무턱대고 인사해 버려놓고는, 하고 싶은 말이 너무 많아 정리가 안 되는 통에 잠시 침묵했다. 침묵이 길어질수록

해준과 그 옆 사람의 눈빛이 가늘어졌다. 그런 다온을 구한 건 연우였다.

"안녕하세요. 서연우라고 합니다."

"서연우요……?"

먼저 반응한 것은 해준의 병문안을 온 사람이었다.

"헙!"

순간 숨이 막힌 듯한 짧은 탄성이 병실을 울렸다.

"그 서연우요? 진짜요?"

"뭔데, 누구신데?"

막상 해준은 연우를 모르는 듯, 흥분한 제 옆 사람을 툭툭 치며 작게 물었다.

연우가 이 정도로 판 깔아줬으면 내가 마무리해야지, 다온은 그렇게 생각하며 다시 앞으로 나섰다. 다온은 어리둥절한 사람 하나와 흥분한 사람 하나를 앞에 두고 빙긋 웃으며 말했다.

"안녕하세요. 저는 이해준 씨랑 같은 학교 경영학과 이다온이라고 하고요, 얘는 제 친구 서연우입니다. 배우 서연우요."

"아, 네……. 일단 저는 이해준입니다. 알고 계시는 것 같지만, 그런데 배우분……이랑 그쪽 분은 무슨 일로 저를……."

퍽 당황한 눈치인데도 예의를 갖추는 해준의 맑은 눈을 앞에 두자 어쩐지 양심이 퍽 찔렸다. 잎으로 거짓말을 상황하게 할 예정이기 때문이다.

"다른 게 아니라, 혹시 연우 인별 보신 적 있으세요? 거기 보시면 여러 묻힌 사건들을 제보받고 공론화하겠다고 적었는데, 이해준 씨 관련해서 누가 제보를 하셨더라고요. 그래서 성희롱 단톡방 사건이랑 이번에 계단에서 떨어진 거랑 모두 공론화하고 싶은 마음이 있으신지 여쭤보려고 왔어요."

처음엔 어리둥절한 얼굴로 듣고 있던 해준은 점점 표정을 굳혔다.

"아뇨. 공론화시킬 생각 없어요."

해준은 단호했다. 방금까지의 물렁물렁한 느낌은 싹 사라진 것처럼.

"왜 그런지 여쭤봐도 될까요?"

다온은 솔직히 당황했지만, 물러서지 않고 물었다.

"그냥 더 공론화시키고 싶지 않아요."

"당신을 계단에서 떠민 사람 때문에요?"

다온은 해준의 사정을 봐주지 않고 바로 몰아붙이듯 말했다. 그래, 다온이 그 가해자가 다친 것을 보자마자 당장 해준의 병실로 달려 온 이유. 그에게 알려주고 싶었다. 피해자에게.

"그 자식 지금 사고당해서 피 줄줄 흘리고 다리 뒤틀려서는 응급실로 옮겨지던데요?"

다소 급하게 쏟아낸 말이 귀에 들려오자 해준의 얼굴이 완전히 굳어버렸다. 덩달아 옆에 있는 병문안 온 사람도.

"누군가 제보했어요. 성희롱 가해자 중 한 명이 당신 계단에서 떠밀었다는 거. 그 제보자가 얼굴도 알려줬고요, 그래서 병원 앞에서 바로 알아봤어요."

다온은 태연스레 거짓말하며 해준을 뚫어지게 쳐다보았다.

"벌받은 거예요. 죄를 지은 사람은 벌받는다는 거, 진짜 있더라고요."

정말 알려주고 싶었다. 당신을 괴롭힌 사람은 이제 벌받았노라고. 그러니 걱정하지 말라고. 움츠러들지 말라고. 꼭 말해주고 싶었다.

"그러니까 다른 가해자들도 모두 벌받을 수 있도록, 이번엔 이해준 씨가 직접 나서는 거예요."

다온이 벌을 준 사람은 결국 하나. 나머지 가해자들은 모두 숨어들었겠지. 그들까지 모조리 벌받게 하고 싶었다. 해준이 다시 한번 용기만 내준다면.

"저희가 도와줄게요. 얘 인기 많은 연예인이에요. 인별에 쓰는 족족 기사도 나고요. 거기에 한번 적으면 이전처럼 성희롱 단톡 사건, 그렇게 쉽게 안 묻힐 거예요."

다온은 가민히 시 있는 연우를 가리키면서 말했나. 해준은 잠시 눈을 꾹 감았다가 떴다.

"김영준 선배, 많이 다쳤어요?"

그리고 나온 말은 너무 뜻밖이었다.

"그게…… 걱정되세요?"

"네. 혹시 목숨이 위험한 건 아니죠?"

"그거야 저도 모르지만……."

말을 흐리던 다온은 참지 못하고 불쑥 말했다.

"아니, 정말로 그게 걱정되세요?"

"네. 걱정돼요. 혹시 죽었을까 봐요."

다온은 여전히 맑은 해준의 눈을 빤히 바라보며 말했다.

"혹시 그, 본인이 복수하기 전에 죽었을까 봐 걱정되시는 거예요?"

이건 지극히 다온의 관점에만 해당되는 얘기 같았다. 해준의 어이없다는 눈빛을 보니 안 들어도 대답을 알 것만 같아서 다온은 머쓱하게 머리를 만졌다.

결국 다온은 한숨을 쉬고 말했다.

"저도 몰라요. 나중에 직접 알아보세요."

그러고는 재빨리 덧붙여 물었다.

"그보다 공론화는 왜 안 하시는 거예요? 물론 전부 그쪽 선택이긴 하지만……."

"지금 다들 지쳤어요. 성희롱 단톡 피해자들 말이에요. 2차 가해도 심하고, 학교에서는 제대로 가해자 처벌도 안 해주고. 그 상황을 또 겪게 할 수는 없어요."

성희롱 피해자들. 다온은 말을 잃었다. 그들을 잊고 있었다. 붉은 책이 보여주는 환상 속에서 피해자는 이해준뿐이었다. 그러나 현실은 아니다. 실제로 가장 피해를 많이 입은 이는 성희롱을 당한 당사자들이라는 것을 새까맣게 잊고 있었다. 그들을 보지 못했다는 이유로.

다온은 부끄러움에 얼굴이 달아오르는 것만 같았다. 뭐, 정말 신의 대리자라도 된 것 같았어? 어떤 대리자가 처벌에만 급급해서 피해자들을 잊어버리고, 그리고 또 다른 피해자를 몰아붙이냔 말이야. 다온은 속으로 실컷 빈정거리며 자신을 욕했다. 갑자기 완전히 벌거벗겨진 것 같은 수치심이 들었다.

방 안에 무거운 침묵이 돌았다. 해준의 말은 완전히 다온의 양심을 후벼팠지만 다온이라고 할 말이 아주 없는 것은 아니었다. 다온이 숨을 크게 들이쉬고 말했다.

"피해자들한테 다 물어보셨어요?"

"네?"

"어떤 피해자는 지금이라도 공론화하기를 원할 수도 있잖아요. 그런 사람들은 어떡해요?"

만약 다온이라면 혹여 수십 년의 시간이 지난 후라고 해도 그를 괴롭힌 이들이 모조리 마땅한 벌을 받기를 원할 것이다. 그것을 위해서 공론화가 필요하다면 기꺼이 공론화할 것이다. 여전히 다온 위주의 생각이지만……

'그렇지만 나 같은 사람이 존재할 수도 있잖아. 단 한 명이라도 복수하고 싶은 이들이 있다면, 그들이 복수할 기회를 뺏을 수는 없는 것 아닌가?'

다온은 그 말을 삼켰다.

"피해자들한테 물어보고 저한테 연락해 주실 수 있으세요? 만약 과반수가 찬성하면 공론화해요. 피해자들이 원하는 대로."

다온은 일단 거기까지 말한 뒤 해준한테 손을 턱 내밀었다. 해준이 의아한 얼굴로 다온을 바라보더니 조심스레 자기 손을 올렸다. ……의외로 크면서도 따뜻한 손이었다. 다온의 의도와는 전혀 달랐지만. 무슨 자기가 강아지인가? 갑자기 웬 손을 준단 말인가. 다온은 속으로 투덜거렸다.

"아뇨. 핸드폰 좀 주실 수 있냐고요. 제 번호 찍어드릴게요."

물론 말보다 손이 먼저 나간 다온의 급한 성격이 문제겠지만, 순식간에 빨갛게 되어서 어쩔 줄 몰라 하는 해준의 얼굴을 보며 다온은 슬쩍 웃음을 흘렸다. 진지하고 무겁던 분위기가 순식간에 잘게 부서져 사라진다.

당황해서인지 거절할 생각도 못 하고 허둥지둥 내미는 핸드폰을 잡아챈 다온이 순식간에 자신의 핸드폰 번호를 입력하고 이름까지 저장한 뒤 돌려주었다.

"그럼 푹 쉬어요."

다온은 나갈 준비를 하다가 문득 멈춰 섰다. 그러고는 몸을 돌리고 해준에게 말했다.

"그쪽 마음이 어떻든 그 가해자, 김영준은 자기가 지은 죄보다 더 많이 벌받을 거예요. 아직 벌은 안 끝났거든요."

'모든 이들이 너한테 등을 돌려서 평생 괴로워하길.'

김영준이 다친 게 우연인지 벌과 관련된 것인지 그건 모르겠지만 적어도 사람들이 그에게서 등을 돌리라는 말은 아직 이루어지지 않았다. 그러니 무언가 더 남았겠지. 그렇게 믿는다.

다온은 그 말만 하고 고개 숙여 인사한 뒤 병실을 나왔다. 다온이 해준과 대화하는 내내 벽처럼 서서 존재감만 과시하고 있던 연우는 그제야 물었다.

"다온아 정확히 네가 내린 처벌이 뭐야?"

아, 그거 아직 안 알려줬구나. 그보다 훤한 대낮, 병원에서 이런 말을 하니까 너무…… 이상한 사람 같아 보였다. 얼굴이 붉게 물든 다온이 얼른 연우의 팔을 잡아끌어 비상계단으로 향했다.

"그냥 모든 사람이 등 돌려서 괴로워하라고. 그런 말이었어."

"근데 뜬금없이 다친 거네?

연우가 심각한 얼굴로 말했다.

"첫 번째 경우도 그렇고, 이번 경우도 그렇고 네가 한 말이랑 완전히 일치하지는 않잖아."

"그렇지. 첫 번째는 훨씬 작은 처벌을 받은 셈이고, 두 번째는 과한 처벌을 받은 셈이지. 아예 엉뚱한 대가를 받은 걸 수도 있고."

"괜찮겠어? 이렇게 무작위여서야 네 의도랑 다른 결과가 나올 가능성이 크잖아."

연우의 말이 백번 맞다. 사실 연우는 신중한 성격 덕인지 늘 옳은 말만 한다. 적어도 다온은 그렇게 생각했다. ……딱 한 번을 제외하고는.

다온은 연우를 빤히 쳐다보았다.

"그게 뭐 어때? 피해자라면 모를까 가해자잖아. 가해자가 어떤 벌을 받든 무슨 상관이야."

다온이 피해자를 생각하지 못했던 건 인정한다. 그렇지만 여전히 가해자까지 신경 쓸 여유는 없다. 물론 가해자가 다온이 생각한 것보다 더 과한 벌을 받으면 솔직히 좀 기분이 그렇긴 하지만…….

"내가 잘못한 것도 아닌데, 죄책감을 느끼지는 않을 거야. 그리고 본능적으로 그런 마음이 든다고 해도 안 그러기 위해 노력할 거야."

다온은 당당하게 말했다. 벌은 죄지은 사람의 것이지 자신의 몫이 아니다. 연우는 항상 그렇듯 같은 말을 했다.

"네가 그렇다면 뭐."

"네가 그렇다면 뭐."

두 명의 말이 겹쳐서 비상구 계단을 울린다. 다온은 당황한 낯의 연우를 보며 웃음을 터트렸다.

"네가 할 말이 뻔하지. 아무튼 그럼 우린 좀 더 지켜보자. 가해자가 어떻게 되는지, 피해자들은 무슨 선택을 할지."

다온은 어쩐지 손이 저릿한 것 같아서 주먹을 쥐었다가 폈다. 기분이 조금 이상했다. 이렇게 적극적으로 나서며 피해자 일에 끼어드는 것이 정말 옳은 일일까? 가해자는 얼마나 다쳤을까? 그런 생각들이 머릿속을 스쳐 지나갔지만 다온은 그저 그 모든 것들을 흘려보냈다. 잘못을 저지른 사람은 대가를 치러야 해. 그 말이 마치 각인처럼 다온을 옭아맸다.

연락이 온 건 일주일이 채 지나지 않은 시점이었다.

톡톡! 하고 끊임없이 올리는 소리에 자고 있던 다온이 간신히 눈을 떠서 핸드폰을 부여잡았다.

〔언니 대박! 김영준 있잖아요! 그 성희롱 단톡 가해자! 그 사람 교통사고 당했는데 미친, 그게 문제가 아니에요!

그 자식이 의식을 잃어서 구급대원이 보호자 연락처 알아보려고 핸드폰을 켰는데, 몰카 사진을 우수수 발견해서 난리 났대요! 진짜 미친놈. 같이 놀던 애들도 다 걔 손절하고 경찰들 학교에 찾아오고 난리 났어요!〕

다온은 핸드폰을 던지고 대자로 침대에 누우며 다소 심란한 목소리로 말했다.

"이게 이런 식으로 이뤄지네……."

그때 현관문 벨 소리가 들렸다. 다온은 쳐다보지도 않고 목소리를 높여 소리쳤다.

"그냥 비번 치고 들어와!"

그러자 바로 삑삑거리는 소리와 함께 연우가 서둘러 집 안으로 들어왔다.

"다온아 기사 봤어? 지금 그 단톡방 가해자가 몰카 찍은 게 걸렸는데, 거기에 미성년자 사진도 있대."

다온이 몸을 벌떡 일으켰다.

"와, 진짜 상상 이상으로 쓰레기네 미친!"

"여기 기사 읽어봐."

"자기가 과외 하는 학생 사진을 찍었다고? 미친······. 아니, 처음부터 성희롱 단톡 떴을 때 잡아서 조사했으면 이것도 진작 드러났을 거 아냐!"

"그래도 지금이라도 드러난 게 어디야. 가해자 신상 다 밝혀져서 엄청 욕먹고 있어. 다 네 덕분이야."

"이걸 내 덕이라고 해야 하나······. 그냥 자업자득 같은데."

"업보를 지어도 타격 안 받는 사람이 많잖아. 네가 그중 한 명에게 공식적으로 대가를 치르게 한 거야."

"그래. 어쨌든 대가를 치렀으니까······. 근데, 나는 이걸로 성희롱 단톡방 사건이 덮일까 봐 좀 기분이 그래. 그것도 묻힐 만한 사건이 절대 아닌데. 충분히 심각한 일이잖아."

지이잉.

심란한 다온과 연우 사이를 가르고 핸드폰이 떨리기 시작했다. 다온은 자신의 핸드폰을 슬쩍 보다가 화면에 뜬 이름을 보고 바로 핸드폰을 잡아채고 소리쳤다.

"아, 그 사람이다! 그 사람, 이해준!"

통화 버튼을 누르는 다온의 손길이 급했다. 반면 핸드폰 너머 들려오는 목소리는 퍽 차분했다.

"여보세요?

"안녕하세요. 저 그때 병원에서 만났던 이해준입니다."

"네. 알고 있어요. 그 성희롱 피해자들에게는 연락해 보셨나요? 다들 뭐라고 하던가요?"

다소 성질 급하게 느껴지는 다온의 말에 짧은 웃음이 그들 사이에 잠시 머물렀다.

"그쪽 말씀이 맞았어요. 반이 넘는 사람들이 다시 공론화했으면 좋겠다고 하더라고요."

"후. 다행이네요. 지금 너무 큰 건이 터져서 상황이 조금 애매해지기는 했는데, 그래도 의지만 있으면 이 틈을 타서 가해자의 과거 행적도 탈탈 털고, 성희롱 단독 건도 빠짐없이 처벌받게 할 수 있을 거예요. 저도 무슨 일이라도 할게요."

"감사합니다. 솔직히 말하면, 제가 너무 부끄럽네요. 저는 그냥 피해자들이 힘들고, 지친다는 말을 많이 해서 이대로 묻는 게 맞다고 생각했어요. 근데 생각해 보면 당사자도 아닌 제가 그렇게 멋대로 판단해서는 안 되는 거였어요. 만약 일이 다 잘 풀리면 전부 다온 씨 덕분이에요. 감사합니다."

"아뇨. 그쪽, 이해준 씨도 다리까지 다쳤는데도 피해자들을 위해서 일부러 안 나서고 그 일 묻은 거잖아요. 이참에 그 사람이 이해준 씨 밀어버린 것도 다 고소하세요. 아주 재기 불능으로 만들어버리자고요!"

일부러 활기차게 말하던 다온이 목소리를 조금 낮췄다.

"그리고…… 고생 많으셨어요. 그동안."

"네……. 사실은 저, 솔직히 무서웠어요. 그 사람이 밀었다고 말하면서 나서봤자 또 묻힐까 봐요. 근데, 단톡방 피해자들이 다시 힘내는 거 보니까 저도 힘이 나더라고요. 저, 끝까지 고소해서 그 사람이 마땅한 대가를 치르게 할 거예요. 그리고…… 그 사람이 죽기를 바라지 않은 건, 죽음으로써 모든 것에서 도피하는 게 아니라 자기가 저지른 죄에 대한 대가를 모두 치르기를 바랐기 때문일지도 몰라요."

다온이 미소를 지었다.

"그 사람은 반드시 대가를 치를 거예요. 반드시."

다온이 곧 전화를 마무리하고 핸드폰을 내려놓았다. 연우가 웃는 얼굴로 다온을 바라보고 있었다.

"다행이네."

"응, 다행이야. 그렇지만 아직 마음 다 놓으면 안 돼. 그 사람이 했던 일 중에 무엇 하나도 묻히지 않게 싹 밝혀내고, 벌을 받게 해야 해."

"그러려면 일단 재공론화부터 해야겠지. 나는 준비됐어."

연우가 어느새 길게 쓰인 인별 게시 글을 다온에게 보여주었다. 다온이 놀란 듯 눈을 크게 뜨다가 곧 웃었다.

"뭐야, 서연우! 행동 빠르다?"

"네가 이렇게 열심히 하는데, 내가 가만히 있으면 어떡해. 알지? 너는 하고 싶은 거 모두 해. 나는 그냥 그걸 도울게."

다온은 문득 연우를 빤히 쳐다봤다. 무언가 올라오는 것 같았다. 아주 오래 묵혀뒀던 질문이.

'너는 나를 미워한 적은 없어? 그렇게 맹목적으로 따르기만 하는 게 진짜 네 온전한 진심이야? 우리 사이는 대체 뭐야?'

그러나 다온은 언제나 그렇듯 입을 다물었다. 지금의 사이가 딱 적당했다. 다온이 연우의 속마음을 모르는 지금이.

다온은 연우를 보내고 편하게 침대에 앉아 핸드폰을 바라봤다. 다온이 바라보는 화면에는 연우가 쓴 게시물이 떠 있었다.

안녕하세요? 서연우입니다. 이전에 말씀드린 것처럼 묻혔던 사건을 공론화시키기 위해 글을 씁니다.

우성대학교 성희롱 단톡 사건을 아세요? 몇 달 전에 이미 대자보가 붙고 몇몇 학생분들이 공론화를 시도했지만 제대로 된 주목을 받지 못했고 사건은 흐지부지되어 가해자들은 멀쩡히 대학교에 재학 중이라고 합니다.

그러나 최근 피해자들은 다시 한번 학교와 학과를 향해 사건의 조속한 조치가 이루어지기를 촉구했다고 합니다. 많은 분들이 이 사건에 관심을 가져주셨으면 합니다.

가해자가 정당한 벌을 받고 피해자들의 마음이 편해질 수 있도록 도와주세요.

연우의 글은 큰 반향을 일으켰다. 안 그래도 최근 여러 대학교에서 성희롱 단톡 사건이 일어난 상황이었다. 공감과 분노의 반응이 인터넷을 휩쓸었고, 우성대학교는 부랴부랴 입장문을 내어 가해자와 피해자를 분리하고 가해자들의 처분을 심의하겠다며 나섰다.

이제야.

다온은 비웃음을 머금은 채 연우의 계정으로 인별에 접속하여 쏟아지는 댓글과 메시지를 지켜봤다. 다행히 댓글은 모두 피해자들의 편이었다. 학교는 짜증나기 그지없지만 어쨌든 지금이라도 조치가 이루어지면 다행이지. 그리고 그건 다 이렇게 분노해 주는 사람들 덕분이다. 어느새 표정을 풀고 흐뭇하게 연우의 인별을 구경하는데, 댓글 하나가 다온의 눈에 띄었다. 순식간에 하트가 몇 개나 붙은 댓글이었다.

〔웃긴다. 서연우. 본인은 학교 폭력 가해자면서, 선한 사람인 척 이런 글 올리고. 뻔뻔하다 진짜.〕

"미친."

다온이 저도 모르게 소리를 질렀다.

"이제 와 왜 이런 댓글이 달리고 난리야?"

다온과 연우는 지금 스물세 살이다. 그 사건으로부터 8년이나 지났지만, 과거는 언제나 그랬듯 시간을 초월하여 현실에 갑작스럽게 나타나곤 하는 법이다. 그러나 이를 순순히 받아들일 수 없는 다온은 초조한 기색으로 재빨리 연우에게 전화를 걸었다.

"여보세요?"

"서연우! 너 네 인별 확인했어? 학폭 어쩌구 하는 댓글 봤냐고! 이거 어떻게 해? 삭제해? 그랬다가 논란 더 커지면 어떡해?"

"아……."

"아……는 무슨 아야! 지금 그럴 때야? 얼른 대처해야지!"

"뭐…… 틀린 말도 아니니까."

"서연우!"

다온은 벌컥 화를 냈다. 왠지 모를 분노와…… 죄책감이 느껴졌다. 그 사건으로 가장 덕을 본 건 다온이니까. 결과적으로 말하자면 그랬다.

"됐어. 내가 네 계정으로 반박 글 쓸게. 너는 신경 쓰지 마."

"아냐. 아니야, 다온아. 그냥 둬."

핸드폰 너머 들리는 연우의 목소리는 평온하기 그지없었다.

언젠가는 이런 일이 발생할 거라고 확신했던 사람처럼. 반면 전혀 평온하지 못한 다온은 울컥 화를 냈다.

"너만 괜찮으면 다야? 사장님은? 너희 어머니는 어떡해!"

"다온아. 내가 엄마한테 잘 얘기할게. 엄마도 내 의견 들어주실 거야. 그냥 흘러가는 대로 두자."

"왜? 대체 왜?"

"가해자는 처벌받아야 하잖아. 그게 맞는 거잖아. 다온아."

다온은 순간 말을 잃었다. 그게 최근 자신이 한 일이다. 맞아, 가해자는 처벌받아야지…… 다온이 원해서, 다온의 손으로 직접 한 일들이었다.

그렇지만…… 연우는 이미 상당한 벌을 받았다. 정확히는 다온이 벌을 주었다. 오랫동안.

"네가 아무것도 안 한다면 내가 알아서 할 거야."

다온은 전화를 툭 끊고는 핸드폰을 아무 데나 던져놓았다. 두 손으로 얼굴을 덮었다. 절로 한숨이 나왔다.

'일단…… 내 계정으로 반박 글을 쓰고, 서연우의 계정을 태그하면 돼. 그런 다음 서연우 계정으로 들어가서……'

할 일을 생각하는 다온의 머릿속이 복잡하기만 하다. 그러다 문득 연우의 말이 생각났다.

'가해자는 처벌받아야 하잖아.'

다온은 짜증스럽게 몸을 일으키고는 붉은 책이 있는 곳으로 가서 책을 노려보았다. 이 책 때문에 제대로 반박을 못 했다. 이 책이야말로 죄지은 사람은 벌받는다는 말을 증명해 주는 증거 그 자체였으니까.

다온은 한숨을 쉬며 책상 앞 의자에 털썩 앉았다. 아니다. 이 책이 무슨 잘못이겠는가. 잘못을 저지른 건 범죄자다. 다온도, 연우도 죄지은 자들이 아니다.

상념에 잠긴 다온은 무심코 지난번에 펼쳐놓은 페이지를 쓰다듬었다. 커다랗게 3이라고 적혀 있었다.

다온이 아차 했을 때는 이미 새로운 공간이었다.

"놀랍지도 않다, 이제는."

체념의 한숨이 다온의 입에서 흘러나왔다.

이왕 들어온 거 일단 새로운 사건을 처리하고 오자. 그러고는 연우한테 말하는 거야. 이번엔 이런 사건이 있었어. 거봐, 벌은 이런 사람이나 받는 거야. 그러니 너는 굳이 벌받을 필요가 없다고 말하자. 다온은 그렇게 마음먹었다.

그러나 어딘지 익숙한 아파트 단지 속, 푸른빛의 사람이 눈에 띄는 순간 다온은 말을 잃었다. 빛을 뿜어내는데도 분명히 보이는 뚜렷한 이목구비. 몸을 웅크리고 있는데도 알 수 있는 큰 키.

연우였다. 어린 날의 서연우.

다온은 천천히 고개를 돌렸다. 저 멀리서 붉은빛을 내는 가해자는…… 다온이었다.

4.

불행한 서연우

다온은 그대로 몸이 얼어붙어 어찌할 줄 몰랐다.

"나? 나라고?"

가해자가 다온이라니! 이건 말이 안 됐다. 다온과 연우의 관계에서 굳이 피해자와 가해자를 따지자면, 연우가 가해자에 가까웠다. 다온은 그렇게 생각해 왔다.

'나는 피해자야! 그래! 이 상황만 봐도!'

마치 잘 짜인 연극처럼 어슴푸레한 새벽빛 아래에서 묘한 푸른빛을 뿜어내는 연우가 몸을 한껏 웅크린 채 아버지에게 얻어맞고 있었다. 아파트 단지 한가운데서. 연우는 자기 아버지의 폭력을 견디지 못하고 뛰쳐나왔는데, 바로 뒤따라 나온 아버지에게 붙잡혀 누구든 볼 수 있는 그곳에서 맞고 있었다.

시간은 새벽. 연우는 비명 하나 지르지 않았고, 아파트 단시는 조용했다.

그리고…… 다온이 나섰다.

"그래!"

다온이 외쳤다. 호쾌하게 들리지만 어쩐지 조금의 찝찝함과 불편함이 담긴 외침이었다. 붉은빛을 띠는 어린 다온이 어느새 현실의 다온 옆을 스쳐 지나가며 연우에게 달려가는 것이 보였다.

"으."

가까이에서 보는 자신의 얼굴은…… 정말이지 이상한 느낌이었다. 거울이나 카메라를 통해서가 아닌 제삼자가 되어서 보는 어린 시절 자신은 너무 앳되고 맑아 보여서 도리어 속이 거북했다.

밤잠을 설치며 엄마 몰래 새벽 산책을 나왔던 중학생의 다온은 우연히 이 참혹한 광경을 목격했고, 손에 든 핸드폰으로 112를 눌러 상황을 설명한 뒤 초조하게 폭력이 끝나기를 기다렸다. 하지만 폭력이 계속되자 결국 견디지 못하고 뛰쳐나간 것이다. 저 가여운 이에게 행해지는 폭력을 멈추기 위해.

– 그만하세요!

크게 소리치는 목소리가 미세하게 떨리는 것이 느껴졌다. 생각보다는 덜 떨렸다. 다온의 기억으로는 아주 덜덜 떠는 목소리였는데.

　다온이 소리치자 연우의 아버지도, 연우도 동시에 다온을 쳐다봤다. 다온은 새까맣고 동그란 두 쌍의 눈빛이 한꺼번에 자신을 쳐다보는 것에 뭐라고 표현하기 어려운 압박감을 느꼈다. 이대로 도망치고 싶었다. 그러나 그럴 수 없었다. 다온이 용감하게 나서자마자 조용히 웅크리고 있던 여자애의 얼굴이 일그러지더니 눈물이 맺히는 걸 보았기 때문이다. 마치 이제야 울 수 있다는 듯이.

　다온은 후들거리는 다리에 힘을 주며 맞고 있는 여자애, 그러니까 연우의 팔을 잡고 일으켰다. 물론 연우는 키가 컸고 다온은 키가 작은 편이었기에 다온의 힘만으로는 역부족이었지만, 다온이 본인의 팔을 잡자 연우는 기다렸다는 듯이 따라 일어났다.

　'얘는 나를 기다리고 있던 거야. 자신을 도와줄 누군가를.'

　다온은 어릴 적 자신이 했던 생각을 떠올렸다.

　가까이서 보는 연우의 얼굴은 처참했다. 멍과 피로 범벅이 되었고 머리는 산발이었다. 누가 봐도 안쓰러운 그 모습에 다온은 자신의 엄마를 겹쳐 봤다. 애초에 연우를 외면할 수 없었던 이유이기도 했다. 마치 연우가 자신의 엄마 같았으니까. 다온은 엄마를 향한 폭력을 멈추게 할 수는 없었지만, 이 여자애를 향한 폭력은 막을 수 있었다.

이때의 다온은 꽤 흥분해 있었다. 불안과 두려움, 그럼에도 자신이 누군가를 도와주고 있다는, 일종의 희열. 그래, 가슴속 깊은 곳에서 묘한 희열감이 올라온다. 그게 다온이 그 폭력범 앞에서도 당당할 수 있는 이유였다. 다리는 떨고 있었지만.

– 뭐야? 어디서 가족 일에 끼어들어! 너도 처맞을래?

다온이 연우에게 바싹 붙어서 서자 술 냄새를 지독하게 풍겨대는 중년의 남자는 다온을 향해 위협적으로 손을 들어 올렸다. 그래도 다온은 물러서지 않았다. 그럴 수 없었다. 다온은 지금 엄마를 지키고 있는 거나 마찬가지였다. 이번에는 물러설 수 없었다. 이번에는.

– 쳐봐! 쳐보라고요! 바로 고소할 거예요! 형사에 민사까지 싹 고소할 거라고요!

술에 취해 사리 분간 못 하고 딸을 패던 남자는 어린 중학생의 협박에 굴하지 않았다.

짝! 꽤 큰 소리가 들리고 다온의 앳된 얼굴이 휙 돌아갔다.

"윽."

다온이 저도 모르게 왼쪽 뺨에 손을 올렸다. 그때 맞았던 기억이 아주 생생하게 떠올랐다. 맞은 것은 뺨인데 온몸을 맞은 듯 징징 울리던 그 느낌과 금방이라도 쓰러질 듯 힘이 빠진 다리가. 눈물이 절로 났었다. 그건 단지 폭력에 대한 아픔 때문만은 아니었다.

아, 우리 엄마는 이렇게 아픈 걸 견디고 있었구나. 바보같이. 그런 감상이 더 컸던 것 같다. 직접적으로 겪은 폭력은 너무 차갑고 고통스러웠기에 더욱 충격을 받았었다.

– 괜찮아?

다온은 자신을 걱정하는 연우 목소리를 무시하고는 뻣뻣하게 고개를 젖혀 들고 그 남자를 노려보았다. 그러고는 고래고래 악을 질렀다.

– 미친놈아! 왜 때리는데! 네가 뭔데? 도와주세요! 미친놈이 저 때려요! 엄마! 살려줘!

다온이 했던 수많은 말 중 어떤 말이 제일 효과가 있었는지는 알 수 없었다. 마구 내뱉은 도움을 요청하는 말들이 그제야 사람들에게 닿기 시작했는지, 아파트에 불이 하나둘씩 들어오기 시작했고, 드르륵 하며 창문이 열리는 소리가 들렸다.

인사불성의 남자는 다온이 엄청난 데시벨로 소리를 지르고 나서야 조금 정신이 깨는 모양이었다. 다온은 남자가 멈칫한 틈을 타서 계속해서 악을 썼다.

– 도와주세요!

곧 저층의 사람들이 헐레벌떡 뛰쳐나와서 그들을 둘러쌌다.

그쯤 되자 연우는 이렇게까지 상황이 커진 게 당황스러운지 다온의 옷을 뒤에서 슬그머니 잡아당겼지만 다온은 무시했다.

다온은 조금 쉰 목소리로 말했다.

"지금 보니까 보이네."

이때의 다온은 연우가 어떻게 되든 사실은 상관없었던 게 아닐까. 그저 자기 아빠한테는 못 하는 일을 여기서 대신하면서 대리 만족을 느꼈던 거야.

'이렇게 보니 당황하고 어쩔 줄 몰라 하는 얼굴이 선하게 보이는데, 왜 몰랐지? 왜⋯⋯.'

왜 뒤를 돌아볼 생각을 안 했을까. 그래서 다온이 가해자인 걸까? 하지만 다온은 여전히 억울했다. 도대체 왜 저 남자가 아니라 다온이 가해자로 찍혔단 말인가? 사람들에게 붙잡힌 남자는 여전히 씩씩대며 허공에 발길질까지 하는 중인데.

"아, 그래 딱 이 타이밍이었지."

이 시점에 경찰이 왔다. 애초에 경찰이 올 때까지 버틸 생각이었던 다온은 경찰차가 요란한 사이렌 소리를 울리며 아파트 단지를 가로질러 오자 안도의 한숨을 내쉬었다. 남자는 그제야 당황했는지 비틀거리며 그 자리를 빠져나가려고 했지만, 어느새 꽤 모인 사람들이 남자가 다른 데로 빠져나가는 것을 막았다.

─이봐요! 어린 애들을 이렇게 때려놓으면 어떡해요!

웅성거리는 소리가 들리고 어른들과 연우의 아버지가 싸우는 모습이 보였다. 그리고 그사이에 경찰이 얼른 차에서 내려 그들 쪽으로 다가왔다. 다온은 경찰에게 대번 볼을 내밀며 저 사람이 자신을 때렸다고 소리쳤다. 그러고는 고개를 돌려 연우를 가리키며 말했다.

– 저 사람이 얘를 때리고 있었어요. 그래서 경찰에 신고하고 말리러 갔는데 저도 때렸어요!

얼굴 한쪽이 시퍼렇게 멍든 채 억울함을 가득 담아 말하는 중학생의 호소는 어른들에게 아주 잘 먹혔다. 모여 있던 사람들도 한목소리로 말을 보탰고, 경찰 중 한 명이 남자를 붙잡았다.

– 당신을 특수 폭행 현행범으로 긴급체포합니다. 당신은 변호사를 선임할 권리가 있습니다.

다른 한 명의 경찰은 빠르게 말한 뒤 붙잡혀 있는 남자에게 재빨리 수갑을 채웠다. 드디어 이 소란이 모두 끝났다. 다온은 얻어맞는 여자애를 지켜냈다. 다온이 연우를 돌아보며 뿌듯하게 웃었다. 연우는 마주 웃었다. 아주 어설픈 모양새로.

– 고마워.

그렇게 속삭이기도 했다. 그러나 어른인 지금의 다온이 보기에 연우가 마냥 고마워하는 것 같진 않았다. 속 시원해 보이지도 않았다. 그냥 불안해 보였다. 다온은 인상을 찌푸리고 어린 연우를 바라보았다. 속이 불편했다. 그냥 여기서 나가버릴까? 하는 유혹이 쉴 새 없이 들이닥쳤다. 그러나 다온이 미처 여기서 나가겠다고 말하기도 전에 장소가 변했다.

다온이 눈을 감았다. 책 속에서는 생략됐지만, 이곳에서 일어난 일의 뒷얘기를 알고 있다. 다온은 자신의 목소리에 놀라서 뛰쳐나온 엄마와 같이 경찰서로 간다. 그곳에서 다온은 당당하게 남자를 고소하겠다고 했고, 경찰은 그런 다온을 적극적으로 지지해 주며 고소장 작성을 도와주었다. 든든했다. 엄마는 걱정스러운 표정이었지만, 다온은 어른을 이렇게 고소할 수도 있다는 게 너무 통쾌했다. 자신감이 생겼고, 무언가 나아질 수 있을 것 같았다.

다온은 눈을 떴다. 멍청한 꿈에서 깨어나듯이.

다온의 눈에 보이는 모습은, 아아 그날이다. 한눈에 알 수 있었다. 흐리고 습한 6월의 날씨. 그 끈덕진 불쾌함을 이겨내고서 잔뜩 준비한 자료를 손에 든 채 학교를 나서던 다온의 모습이 보인다. 붉은빛을 뿜어내는 어린 다온은 마치 불에 타는 것처럼 보였다. 그리고 푸른빛의 서연우.

우연히 학교 정문 앞에서 마주친 둘은 서로를 응시했다. 정확히 말하자면 다온은 연우의 몸 곳곳에 붙여져 있는 거즈를 바라봤고, 연우는 다온의 서류들을 바라봤다. 연우가 물었다.

– 그게 뭐야?

– 어? 음…….

다른 사람이라면 말하지 않았겠지만, 나름 짧아도 고된 시간을 함께 보낸 사이다. 다온은 마치 선심 쓰듯 이야기해 줬다.

– 우리 아빠 고소 자료. 아빠가 우리 엄마 때리거든. 그거 녹음한 걸 다 녹취록으로 바꿔둔 거야.

뿌듯함이 느껴지는 목소리였다. 다온은 연우의 아버지를 고소하면서 겸사겸사 경찰에게 이것저것 물어봤다. 덕분에 현행범이 아니면 증거자료가 필요하단 것도, 음성 증거라면 녹취록으로 기록해야 한다는 것도 알았다.

다온은 아빠의 폭력적인 언행을 어렵지 않게 녹음기에 담았고, 엄마가 쥐여주는 용돈을 아껴 속기 사무소에 가서 녹취록까지 만들었다. 그러니 이제 남은 건 경찰에 고소하는 일뿐이었다. 다온은 자신이 있었다. 아빠는 이제 다온과 엄마에게 얼씬도 못할 것이다. 오랫동안 엄마를 향한 폭력을 방관할 수밖에 없었던 열다섯 살의 아이는 기대감에 벅차 그렇게 생각했다.

– 하지 마.

– 뭐?

희망찬 미래를 생각하고 있던 그때, 귓속을 파고드는 차가운 목소리에 다온은 깜짝 놀리 연우의 얼굴을 쳐나보았다.

– 그거 하면 뭐가 바뀔 것 같지? 우리 아빠 아직도 집에 들어와서 나 때려. 고소? 해봤자 아무것도 안 변해.

연우가 무표정하게 말했다. 다온은 그제야 연우가 그때 본 것보다 더 많은 상처를 입었다는 걸 깨달았다. 다온은 입을 꾹 다물었다. 다온이야 고소만 하고 나서 어떻게 됐는지 따로 연락받은 적이 없으니 이런 일은 생각도 못 했다. 그때의 다온은 고소를 하면 바로 피해자와 가해자가 분리되고, 피해자는 안전하게 보호받는 줄 알았다.

– 오히려 너만 더 힘들어질걸? 아니다. 너희 아빠는 너희 엄마 때린다며. 그럼 너희 엄마만 더 힘들어지겠네.

연우는 차갑게 말하고는 등을 돌렸다. 다온은 그 자리에 우뚝 선 채로 움직이지 못했다. 모진 말에 충격도 받았지만, 그보다 머릿속이 복잡해져 꼼짝할 수 없었다.

다온은 눈을 꾹 감았다가 떴다. 다시 장소가 바뀌었다. 이번엔 눈을 뜨자마자 어린 다온의 악에 받친 목소리가 들렸다.

– 네 말 때문에! 네 말 때문에 모든 게 망했어! 적어도 그때 경찰에 가서 고소든 뭐든 했었더라면!

연우의 얼굴이 잔뜩 일그러져 있다. 다온의 얼굴도. 다온은 어린 자신의 얼굴이 저렇게 무서웠던가, 생각했다. 무섭고, 처절했다. 마치 악마 같았다. 아니, 아니다. 지옥에서 벌받는 죄수

같기도 했다. 확실한 건 중학생이 할 법한 표정은 아니었다. 악의와 분노, 슬픔으로 가득 찬 얼굴을 벌겋게 변해 있었다. 온몸에서 내뿜는 붉은빛처럼.

– 네가 아니었으면 그때 아빠가 집에 못 왔을 수도 있는데! 그러면 우리 엄마가!

다온이 흐느낀다. 아니 온몸으로 울어댔다.

– 안 죽었을 수도 있는데.

그 말은 거의 신음처럼 흘러나왔다.

이번에도 생략된 장면들이 다온의 감은 두 눈 너머로 생생하게 펼쳐졌다. 어린 다온은 수없이 망설이다가 경찰서 바로 앞까지 갔지만, 결국 발을 돌렸다. 그리고 집에 가자마자 후회했다. 엄마와 아빠가 여느 날과 같이 싸우고 있었으므로. 아니다. 싸우는 게 아니었다. 일방적으로 아빠가 엄마에게 성질을 내며 물건을 던지고 있었다. 다온은 처음으로 그런 아빠한테 맞섰다. 그러나 성공적으로 연우 아버지의 폭력을 막았던 이전과는 달랐다.

술에 취하면 자식을 때리는 연우 아버지와 달리 제정신으로 사람을 때리는 아빠는 다온이 말리고 말려도 다온을 밀쳐내고 엄마를 때릴 뿐이었다. 다온은 마구 소리쳤고, 욕했고, 아빠를 때렸다. 난장판이었다. 이내 아빠는 씩씩거리며 십을 나섰고,

엄마와 다온은 침묵 속에 서로를 바라보았다. 그러고는 조용히 각자 방으로 들어갔다.

다온은 침대에 누워 훌쩍이며 오지 않는 잠을 자려고 애쓰다가 결국 포기하고 일어나 저번처럼 새벽 산책을 나섰다. 그리고 집에 다시 돌아올 때쯤, 환한 빛을 마주 보았다.

'1층, 2층, 3층…….'

다온은 어쩐지 익숙한 위치에 퍼져 있는 화마를 보고도 믿기지 않아 멍하게 계속 층수를 세었다. 불길이 삼킨 집은 아무리 세어도 7층, 자신의 집이었다. 다리에 힘이 풀려 주저앉았다. 다온은 그렇게 엄마를 잃었다. 유일했던 가족을.

– 엄마! 엄마!

다온은 절규했고 불이 난 아파트 안으로 뛰어 들어가려고 했다. 심장이 너무 빨리 뛰어서 죽을 것만 같았다. 아니다. 다온은 죽어선 안 됐다. 왜냐하면 엄마를 구해야 하니까.

– 학생! 학생! 들어가면 안 돼!

그러나 사람들이 다온을 거세게 막았다. 다온은 이리저리 몸을 비틀었지만, 사람들 사이에서 빠져나갈 수 없었다.

안 되는데! 내가 가야 하는데! 우리 엄마 내가 지켜야 한다고!

그 말을 입 밖으로 꺼냈는지, 그저 머릿속으로 한 생각이었는지까지는 다온도 잘 기억하지 못했다. 붉고 까만 하늘이 너무나도 어지러웠기 때문에.

그저 기억하는 것은 7층의 불은 곧 다른 층으로까지 번졌고, 급하게 달려온 소방차가 다온을 포함한 사람들을 저 뒤로 밀어내는 동안 다온은 힘없이 휩쓸려 갔다는 것뿐이었다.

다온은 눈을 꾹 감고 과거의 기억을 떨쳐버리려고 노력했다. 잘 되지는 않았다. 숨이 거칠어지고 심장께가 아팠다. 여기선 약을 먹을 수도 없는데. 이대로 나가야겠다. 나가서 약을 먹고 자는 거야. 모든 걸 잊을 수 있게. 그렇게 생각하던 때였다.

— 야, 서연우! 너 요즘 왜 그렇게 재수 없게 구냐고!

높은 톤의 목소리가 다온의 귀를 때려 어느새 숙이고 있던 고개를 번쩍 들었다. 어느새 장소가 바뀌어 있었다. 이 장면은 다온에게 비교적 덜 생생하다. 이전까지의 불행에 비하면 이 일은 비교적 덜한 불행이었으니까. 이때의 다온은 엄마를 잃었고, 집에 불을 지른 아빠도 감옥에 간 상태라서 이모네에 맡겨져 있었다. 그곳에서 다온은 최대한 아무렇지 않은 척, 손이 안 가는 아이인 척 노력하느라 다른 것에는 별로 신경 쓸 여유가 없었다. 다온은 그렇게라도 살아남아야 했다. 왜냐하면 목표가 있었으니까.

그러나 연우에게는 이 역시 엄청난 불행이었나 보다. 그럴 수 있었다. 이 일이 결정적인 계기가 되어 다온에게 계속해서 휘둘리게 되었으니까. 여전히 자신이 왜 가해자로 뽑힌 건지 다온은 이해할 수 없었지만, 어쨌든 연우가 이 사건들로 불행했다는 것은 알겠다. 다온이 상념에 빠진 사이, 시비를 거는 여학생에게 차갑게 대꾸하는 목소리가 들린다.

- 어쩌라고. 나한테 신경 꺼.

- 야. 너네 아빠 결국 감방 갔다며. 그래서 이렇게 구냐. 네 사정은 알겠는데 그렇다고 이따위로 재수 없게 구는 게 친구냐?

'약점 잡아서 공격하는 너도 진정한 친구 같지는 않은데.'

다온은 그렇게 말하고 싶었지만, 어차피 소용없을 테니 그저 한숨을 쉬었다. 소리 지르는 친구, 그러니까 다온의 기억으론 아마 김지연이라는 이름을 가지고 있던 학생은 점점 더 흥분해서 얼굴이 빨개진 채 소리를 질렀고, 결국 선을 넘은 말에 연우도 확 열을 받았나 보다.

- 닥쳐!

그렇게 말하며 연우가 벌떡 일어나자 큰 키에 위압감을 느꼈는지 김지연이 움찔했다. 그러나 자기의 말이 남에게 상처를 입혔다는 게 묘한 쾌감을 불러온 것이 분명했다. 연우의 화난 태도에도 더욱 빈정거리기 시작한 것이다.

- 야. 솔직히 아빠가 감방 간 게 너 혼자냐? 이다온 아빠도 감

방 갔잖아. 근데 이다온이 너처럼 굴던? 왜 혼자 유난이냐고.

"아. 잊고 있었는데 다시 들어도 빡친다."

다온이 중얼거렸다. 뒤쪽 구석에서 친구들이랑 놀다가 시끄러운 소리에 돌아보며 서연우가 저런 성격이었나, 그런 생각이나 하고 있던 다온도 화가 나는 건 마찬가지였다. 아니 지금의 다온보다 수십 배는 더 열을 받았던 기억이 난다. 다온은 벌떡일어나 그쪽으로 달려갔다. 김지연에게 제대로 따지기 위해서였다. 아니 왜 나를 걸고 넘어지냐고, 그렇게 성질을 부릴 참이었다. 다온이 그들 사이에 막 끼어들었을 때였다. 다온의 위로 그림자가 졌다. 연우가 집어 든 의자의 그림자였다. 그리고 연우는 그 무거운 걸 그대로 내려찍었다. 자신의 앞에 있는 사람에게.

연우와 다온 모두에게 안타까운 일이었지만, 다온이 연우의 뒤에서 급하게 튀어나오는 바람에 연우의 앞에 있는 사람은 김지연이 아니라 다온이었다. 의자로 내리찍는 그 순간, 연우는 그 사실을 알았지만 관성이 붙은 팔은 멈추지 않았다.

연우는 다온이 차가운 교실 바닥에 철퍼덕 쓰러진 뒤에야 상황을 제대로 인식했다. 의자가 시끄러운 소리를 내며 연우의 손에서 떨어졌다.

쿵!

다온도 그 소리를 들었다. 온통 번쩍거리는 시야 속에서 찢어지는 소음들. 아픔은 느껴지지 않았다. 그저 머리가 깨진 것 같다는 느낌이 들 뿐이었다. 머리에서 타고 내려온 검붉은 피들이 바닥에 뚝뚝 떨어지고 나서야 다온은 알았다. 아, 나 많이 다쳤구나.

그 생각을 끝으로 기절했기에 다온이 기억하는 건 거기까지다. 그리고 다온이 전혀 몰랐던 일들이 이곳에서 생생하게 재생되고 있었다.

─다온아! 이다온!

─야! 몸 흔들지 말라고! 이럴 때 함부로 건드리면 안 되는 거 모르냐고!

뒤늦게 정신을 차린 연우가 다온을 내리쳤던 의자를 황급히 던지고 쓰러진 다온에게 다가가 몸을 흔들었다. 그와 동시에 다온의 친구인 정은이 연우를 살벌하게 노려보며 야무지게 말했다. 그러자 다른 친구들도 하나같이 다온을 감싸 안고 "건들지 말라고!" 소리치며 자기들 옷으로 어떻게든 흘러내리는 피를 막으려고 애썼다. 그리고 밀려난 연우는…… 울었다. 마치 아빠한테 엄청 맞던 연우에게 다온이 도움을 주었던 그날처럼. 아니, 그때보다 더욱 심하게 울었다. 꺽꺽거리는 울음소리가 다온의 귀에 꽂힌다. 잔뜩 일그러진 얼굴도.

– 미안해, 미안해…….

연우는 그렇게 계속 중얼거리고 있었다.

나중에 다온이 깨어났을 때 친구들은 연우가 다온을 다치게 해놓고는 아무것도 안 했다면서 욕했었는데, 연우는 뭔가를 할 정신이 없어 보였다. 충격에 빠져 울고 있는 어린 연우가 지극히 가여웠다.

"그랬구나……. 그랬어. 서연우, 너는……."

난장판이 된 교실에 우뚝 선 다온이 중얼거렸다.

"어렸구나."

말이 허공을 맴돈다. 아무도 들어주지 않는 말이었다. 혼자 멀찍이 떨어져 우는 연우의 울음소리처럼.

세상이 멈추자 다온은 책이 보여주고 싶은 걸 모두 보여줬다는 걸 알았다. 다온은 조용히 쓰러져 있는 어린 다온에게 다가갔다. 검붉은 피를 흘리며 쓰러진 채 붉은빛을 뿜는 자신에게로.

"네가……."

조용히 입을 여는데 어쩐지 목이 메었다.

"아니, 내가 서연우만큼 죄책감에 시달리는 날이 오기를."

다온은 눈을 감았다.

"나가게 해줘."

작은 중얼거림과 함께 눈을 떴을 때는 익숙한 방이었다. 연우가 다온에게 선뜻 내준 방. 의자로 다온을 내리친 후부터 연우는 다온에게 무슨 일이든 해줬다. 이모 집에서 벗어나고 싶다고 하자 어머니에게 부탁해 방을 얻어다 준 게 시작이었다.

연우가 스무 살이 되어 연예인이 되고 난 뒤에는 본인 돈으로 점점 더 좋은 집을 구해서 다온에게 내주었다. 심지어 잘 끌고 다니지도 않는 자동차까지 사주었다. 진짜 다온의 명의로 된 외제차. 게다가 기름값으로 쓰라며 카드도 챙겨주었고.

다온은 그 모든 것을 기꺼이 받았다. 그럴 자격이 있다고 생각했다. 연우 때문에 가족을 잃었으니까, 연우 때문에 다쳤으니까. 다온은 연우를 도와줬는데, 막상 연우는 다온을 불행에 빠트렸으니까.

그런데 반대는 생각하지 못했다. 연우 또한 다온으로 인해 불행해졌다는 사실을. 다온 때문에 연우는 아버지에게 더 큰 폭행을 당했고, 나중에는 자신의 아빠를 감옥에 보내게 됐다. 그리고 교실에서 있었던 이 일로 학교폭력 가해자가 되어 이곳저곳 불려 다니며 고생을 했고, 죄책감과 충격을 느껴야 했다. 일상이 무너진 것은 다온만이 아니었다.

다온은 멍하니 한참을 서 있다가 붉은 책을 펴 보았다. 3이라고 적힌 페이지가 붉게 물들어 있었다. 이제 처벌이 시작될 것이다. 그렇게 생각하자 손끝이 저려오고 다시 심장께가 아파와 다온은 비척비척 걸어가서 책상 구석에 있는 약봉지를 꺼냈다. '필요시 복용'이라고 쓰인 약을 꺼내고서는 한참을 그걸 쳐다봤다. 다온이 정신과 치료를 받을 수 있도록 도운 것도 연우다. 비용을 지원해 준 것뿐 아니라 적극적으로 정신과며 심리 상담소며 추천해 줬다. 그런데, 연우는 치료를 받고 있나?

다온이 알기로는 연우는 약을 먹지도, 심리 상담을 받지도 않는다. 울음이 터진 것은 순식간이었다.

"끅, 끅⋯⋯."

다온은 억울하다고 생각했었다. 자신이 왜 가해자가 되어 연우를 불행하게 만든 자로 나타났는지. 근데 이제 알겠다. 다온은 연우를 불행하게 만든 게 맞았다. 연우의 인생에서 본인보다 다온을 먼저 생각하도록 만들었으니까. 본인을 돌보는 건 뒤로하게 만들었으니까. 다온은 연우의 행복을 앗아갔다.

이제는 벗어나야 했다. 연우의 삶을 다시 돌려줘야 했다.

"가해자는 처벌받아야 하잖아."

그렇게 말하고는 모든 걸 포기한 듯이 구는 연우를 그대로 둘 수 없다. 다온은 눈물을 닦고는 책상 왼쪽에 서 있는 책장에서 중학교 졸업장을 꺼냈다. 그 안에는 학교폭력 심의위원회 결과지가 있었다. 그걸 찍어서 컴퓨터로 옮긴 다음에 자신의 이별 계정에 천천히 글을 썼다.

원래도 연우 대신 해명 글을 쓸 생각이긴 했지만, 이번엔 정말로 진심을 담아서 한 글자 한 글자 신중하게 적었다. 당장 연우를 위해 할 수 있는 걸 해야 했다. 처벌은 다른 문제였다. 언제나 그랬다. 처벌은 당장 피해자의 삶을 더 낫게 만들지는 못한다. 피해자가 더 나은 길로 가도록 만드는 건 다온의 노력이었다.

안녕하세요. 서연우의 학교폭력 사건 피해자 이다온이라고 합니다. 현재 보도와는 다른 부분이 많이 있어 직접 글을 씁니다.

저는 연우의 친구이며, 그때의 사건은 명백한 사고였습니다. 다른 친구가 연우의 가정사를 들먹이며 언어폭력을 행했고, 덩달아 저에게도 언어폭력을 퍼부었습니다.

연우는 친구인 저를 욕한 것이 화가 나 위협을 줄 생각으로 의자를 들었으나, 분노한 제가 갑작스럽게 연우와 그 친구 사이에 달려들었고, 놀란 연우는 의도치 않게 의자로 저의 머리를 치게 되었습니다.

다행히 부상은 심하지 않았으나 연우는 크게 놀랐고 그 이후 충분한 사과는 물론, 저에게 온갖 보상을 다 해주었습니다.

저는 진심으로 연우가 잘못이 없다고 생각합니다. 또한 이 사건이 언급되는 것만으로도 그 당시 사건의 피해자인 저도, 그리고 또 다른 피해자인 연우도 크게 상처를 받고 있습니다.

연우와 저의 행복을 위해서라도 오해를 푸시고 연우를 응원해 주셨으면 좋겠습니다.

다온은 몇 번이고 다듬은 글을 여러 커뮤니티에 올렸다. 예상대로 요란하게 글을 올리자마자 바로 연우에게서 전화가 왔다.

"다온아. 난 정말 괜찮은데……."

이 와중에도 다온에게 화 한번 내지 않는 연우 때문에 도리어 다온이 화가 났다. 올리지 말라고 했는데 왜 올렸냐고 짜증이라도 내지. 다온은 단호하게 연우의 말을 끊었다.

"서연우. 너……."

나 때문에 불행해? 다온은 그렇게 물어보고 싶은 걸 꾹 눌러 참았다.

"너, 이제 내 눈치 그만 봐. 글에도 적었지? 너도 피해자야. 가해자가 아니라고."

"아냐. 난 가해자가 맞아. 다온아."

"그럼 연우야."

다온은 아주 오랜만에 연우를 다정하게 불렀다. 어쩐지 울컥하는 느낌이 들었다.

"여우야 우리 둘 다 가해자이지 피해자. 그렇세 하사. 응? 그러니까…… 너무 벌만 받으려고 하지 말고, 그냥 우리 삶을 살아나가자."

연우는 말이 없었다. 한참 동안이나. 다온은 그럼에도 전화를 끊을 수 없었다. 연우는 언제나 그렇듯 다온이 전화를 끊기 전에는 먼저 끊지 않았다. 그래서 그들의 조용한 통화는 아주 오래 이어졌다. 다온의 핸드폰 배터리가 다 되어 저절로 꺼질 때까지.

다온은 까맣게 변한 화면을 잠깐 쳐다보다가 책상에 내버려 두고 침대에 누워 높은 천장을 바라봤다.

죄책감을 느끼게 되는 벌.

과연 어떤 일이 생길까? 다온은 이미 자신의 몫의 죄책감을 가지고 있는데.

다온이 그날 결국 경찰서에 가지 않아서 엄마가 하늘나라로 갔다는 죄책감. 아빠를 자극하는 바람에 그가 범죄를 저지르게 했다는 죄책감. 그동안은 모든 걸 연우에게 뒤집어씌웠지만, 이젠 알겠다. 열다섯 살의 어린 여자애였다. 연우도.

다온은 그걸 아주 오랫동안 잊고 있었다.

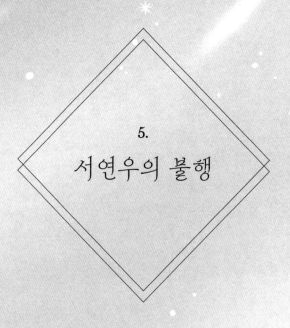

5.
서연우의 불행

연우가 그 애를 처음 만난 것은 열네 살이다. 그 애는 연우를 열다섯 살에 처음 봤다고 생각하지만 연우는 아니었다. 왜냐하면 이다온은 정말 눈에 띄는 사람이었으니까.

남자처럼 완전히 짧은 머리에, 바지 교복을 입은 다온은 마치 당당하게 룰을 깨부수는 혁명가 같은 사람이었다. 아니지, 다온이라면 '남자처럼'이라는 말도 싫어할 것이다. 튀는 외양에다가 활발하고 누구에게나 스스럼이 없는 성격 덕에 많은 아이들이 그 애와 친구가 되고 싶어 했다.

반면에 연우는 그 당시 친구 두세 명만 겨우 있던 소심하고 까칠한 학생이었는데 그마저도 연우가 일방적으로 그 애들의 말과 부탁을 들어줌으로써 이어가는 관계나 마찬가지였다. 그 당시 연우는 누군가를 사귈 용기가 없었고, 그렇다고 다가온 사람을 내칠 의욕도 없었기 때문이다. 왜냐하면 그맘때쯤의 연우는 엄마에게 버림받았다는 생각에 사로잡혀 있었으니까.

엄마는 연우를 버리고, 아빠는 연우를 때리고. 세상이 연우를 버렸다고 생각했다. 아니 정확히는 사람들에게 버려졌다고 생각했다. 세상이 두려웠다. 그렇기에 막연히 다온을 동경하면서도 차마 다가가지를 못했다. 하지만 그런 감정마저도 아빠의 폭력이 심해진 열다섯 살부터는 거의 없어지다시피 했다.

"이리 와, 이 새끼야!"

"악!"

연우는 술을 마시고 들어오는 아빠를 피해 방 안에서 움츠리고 있었지만, 이미 부숴진 적이 있어 제대로 닫히지 않는 문은 전혀 도움이 되지 않았다.

"너는 아빠가 집에 들어왔는데 인사도 안 해?"

그는 벌게지고 일그러진 얼굴로 연우의 머리채를 잡고 앞뒤로 마구 흔들었다. 어지럽고 토할 것 같았다. 너무 아팠다. 평소대로라면 그냥 폭력을 묵묵히 참았을 텐데 그날은 도저히 못 견딜 것 같았다. 연우는 지긋지긋했다. 이 모든 상황이.

그래서였다. 연우는 아빠가 잠시 머리에서 손을 떼고 자기 혼자 취해 비틀거리는 동안 재빨리 방 밖으로 뛰쳐나갔다. 그리고 대충 슬리퍼를 꿰어 신은 채 문밖으로 도망갔다. 헉헉거리는 숨소리가 조용한 계단을 시끄럽게 물들였다. 이대로 도망친다고 상황이 끝나는 게 아니라는 건 알았다. 그렇지만 처음으로 가해자로부터 도망치는 이 순간, 어쩐지 연우는 자유로운 사람이 된 느낌이었다. 그렇지 않다는 걸 알면서도.

연우는 아파트 현관을 나서자마자 그대로 뒤따라온 아빠한테 머리채를 잡혀 쓰러졌다. 기다렸다는 듯 쏟아지는 일방적인 폭력은 너무나 매서웠다. 그러나 연우는 습관적으로 입을 다물고 폭력을 감수했다. 자신의 잘못이었다. 갑자기 무슨 바람이 불어서 도망을 쳤는지 스스로도 몰랐다. 한순간의 충동이 일을 망쳤다. 연우는 생각했다.

이번에는 진짜로, 진짜로 죽을지도 몰라. 그만큼 새벽의 폭력은 너무 춥고 아팠다.

그때 연우를 구해준 것이 다온이었다. 연우 앞을 가로막아 폭력을 멈춰주고 대신 얻어맞기까지 한 다온이. 아마 이게 할리우드 영화라면 이 부분에서 화면에 슬로우가 걸리고 노래가 흘러나왔을 것이다. 그만큼 영웅은 극적으로 등장했다. 모두가 고요히 숨죽이며 외면하는 폭력을 감싸준 게 자신보다 한 뼘 정도 작은 여자애였다는 점에서 연우는 여느 히어로 영화보다 더 멋있다고 생각했다.

사실 연우는 제 아빠에게 얻어맞을 때보다 시금이 더욱 정신이 없었다. 다온이 얻어맞는 것을 보면서 가슴이 아팠고 대신 소리를 질러주었을 때는 처음으로 속이 시원해졌으며, 다온이 제게 말을 거는 내내 심장이 너무 쿵쾅거려서 아플 지경이었다.

연우의 어린 영웅은 뒤늦게 쫓아온 그의 엄마와 집에 가는 대신에 연우에게 말을 걸었다.

"너 우리 학교 맞지? 경찰서 같이 가자. 내가 증언이랑 다 해줄게! 다시는 저 사람이 너 못 때리게!"

다온은 연우의 이름조차 몰랐다. 잘 알지도 못하는 사이인데도 그렇게 말해주었다. 한쪽 얼굴에 붉고 푸른 멍을 달고서. 연우는 멍하니 그 모습을 바라보았다. 당당했다. 너무 당당해서 연우와는 마치 다른 종의 생물체처럼 느껴졌다. 연우는 잠깐의 도피에도 후회하고 포기했었는데, 다온은 아니었다.

다온과 그의 어머니와 함께 경찰차를 타고 경찰서에 가는 길. 그의 어머니는 어린 딸을 연신 걱정하느라 정신이 없어 보였다. 그럼에도 불구하고 낯선 여자아이에게도 그 걱정 한 자락을 나눠주셨다.

"어휴 정말 많이 다쳤네. 어떻게 하니…… . 너무 아프겠다."

연우는 다 식은 눈물 자국 위에 새로운 눈물을 흘렸다. 연우가 스스로 외면해 버린 엄마가 겹쳐 보였다.

나도 엄마가 있었는데. 이렇게 다정하셨는데.

끅끅거리며 우는 연우를 다온과 다온의 엄마가 상냥하게 달래줬다. 좋았다. 너무 좋았다. 이제 정말로 그 지옥에서 도망친 것이라고 생각했다. 경찰서에서 경찰에게 우물쭈물하면서도 그간 당했던 일들을 모조리 쏟아놓았을 때도, 경위서를 작성할 때도, 고소장을 작성할 때도 연우는 희망에 가득 찼다.

"서연우 학생, 어머니가 있네. 어머니한테 연락해도 될까?"

"아뇨."

연우는 경찰들의 질문에 줄곧 순종적으로 대답했지만, 그 질문에는 아주 단호하게 거절했다.

"학생. 학생은 어머니가 있어서 보호시설에도 못 들어가요. 어머니께 연락하지 않으면 원래 살던 곳으로 돌아가야 해요."

"그럼 아빠도 다시 돌아오는 거예요?"

"아뇨. 학생 아버지는 현행범이라 일단 여기에 잡아둘 거예요. 구속영장 나오면 구치소에 들어갈 것 같은데……. 이게 확실하지 않아서…… 아무래도 어머니한테 연락하는 게 좋을 것 같은데."

"절대 안 돼요. 엄마한텐 절대 연락 안 할 거예요."

연우는 굳세게 말했다. 경찰은 크게 말리지 않고 학생 뜻이 그렇다면 그렇게 하라고 했다. 뭘 몰랐던 연우는 구치소라는 곳에 아빠가 아주 오래 있을 줄 알았다. 경찰은 아빠가 어떻게 되는지 구체적으로 말해주지 않았다.

그래. 다 핑계였다. 경찰은 충분히 할 일을 했다. 알려줄 만큼 알려주었고 선택의 기회도 줬다. 자신을 버린 엄마를 찾아가고 싶지 않다는 고집 때문에 연우는 제 발로 다시 그 집에 들어간 것이다.

연우의 아빠는 며칠 만에 돌아왔다. 연우가 막 아빠 없는 집 안에 적응할 때쯤이었다. 불구속 송치였다. 검찰은 굳이 구치소에 연우의 아빠를 집어넣을 정도는 아니라고 판단했고, 아버지는 자유로운 두 발로 자신의 보금자리로 돌아왔다.

연우는 그날 처음으로 술에 취하지 않은 아빠한테 맞았다. 마지막으로 보았을 때와 같은 옷을 입어 냄새가 나고, 퀭해 보이는 아빠는 술에 취해 있을 때보다 수배는 무서웠다. 초점 잃은 눈동자 대신 뚜렷한 눈동자가 명확히 연우를 노려보고 있었다. 아, 아빠는 진짜 나를 증오하게 되었구나. 그 사실이 아빠의 욕설 한마디, 한마디에서, 때리는 모습 하나하나에서 모두 드러났다. 이전까지는 그저 취해서 연우를 때렸을 뿐이라고, 평상시에 아빠는 멀쩡하니까 자신을 버린 엄마보다 끝까지 책임지는 아빠가 낫다고, 그렇게 위안했는데…….

연우는 아빠가 원망스러웠다. 엄마보다 더. 경찰도 원망스러웠다. 연우를 더 말려주지. 검찰은 말할 것도 없었다. 왜 구속영

장을 내려주지 않았는지 이해가 가지 않았다. 그리고 다온도 원망스러웠다. 가장 원망스러운건 연우 자신이었다. 그때 아빠를 고소하지 않았더라면, 여느 때처럼 그냥 연우가 참고 지나갔다면 아빠는 자신을 이렇게 진심으로 미워하지 않았을 텐데.

잔뜩 인상을 쓴 아빠의 이마, 꽉 다문 이, 불그스름한 눈가. 아, 연우는 너무 무서웠다. 아빠가 자신을 미워하는 게 너무나 무서웠다.

폭력은 시시때때로 찾아왔다. 연우가 밥을 먹을 때도, 잘 때도. 그나마 숨을 쉴 수 있는 공간은 학교였다. 그래서 연우는 최대한 학교에 오래 있고는 했다. 창문을 멍하니 바라보며. 그런 연우의 눈에 다온이 들어왔다. 연우는 스스로도 무슨 생각을 하고 있는지 모른 채로 벌떡 일어나 그를 쫓아 달려갔다. 다온이 연우를 돌아보았다. 반가운 얼굴로 연우에게 인사하는 다온을 보며 연우는 끓어오르는 감정을 느꼈다.

다온의 엄마가 생각났다. 살갑던 그분. 살가운 이다온. 정말 솔직히 말하자면, 질투가 났다. 어린 시절에는 마냥 원망스러운 마음 때문이라고 생각했는데, 다 큰 지금 돌아보면 추하고 냄새나는 질투였다. 그래서 그랬다.

"그거 하면 뭐가 바뀔 것 같지? 우리 아빠 아직도 집에 들어와서 나 때려. 고소? 해봤자 아무것도 안 변해."

그 말을 한 바로 당일, 연우는 한밤중에 나는 요란스러운 소리 때문에 심드렁하게 창문을 열어보았다. 그리고 새빨갛게 불이 붙은 집을 발견했다. 놀랍게도 별 감흥은 없었다. 연우는 오후부터 새벽이 된 지금까지 줄곧 자신이 오늘 다온에게 한 말만 곱씹고 있었으니까.

'너무했나. 그래. 나도 고소 결과가 난 것도 아닌데. 인터넷 찾아보니 구속이 안 됐다고 감옥을 안 가는 것도 아니라고 하고.'

아직 끝이 난 것도 아닌데 너무 빨리 포기해 버린 것이 아닌가. 그 때문에 다온도 괜히 포기해 버린 것이 아닐까. 차라리 다온이 자신의 말을 무시했으면 좋겠다. 그냥 경찰서로 갔기를.

연우는 그날 새벽 내내 뜬눈으로 자신의 방까지 새어 들어오는 매캐한 연기를 맡으며 후회에 시달렸다. 그리고 충격적인 소식은 바로 다음 날 아침 학교에 들어서자마자 들을 수 있었다.

김지연이었다. 연우에게 자신의 말만 내내 쏟아내고는 선심 쓰듯 연우 얘기도 해보라며 졸라대던 친구.

"이다온네 집! 걔네 아빠가 불 질러서 엄마가 죽었대!"

쿵, 쿵, 쿵.

연우도 몰랐다. 자신에게는 심장이 세 개쯤 되었나 보다. 그 심장들이 모조리 바닥으로 떨어지는 것만 같았다. 땀이 눈물처럼 연우의 얼굴을 적셨다.

무심하게 바라봤던 불타는 집을 떠올렸다. 연우가 남의 일이라 그냥 넘긴 그 화재를. 그리고 다온의 얼굴을.

"다온이, 다온이는 어떻게 됐는데?"

"걔는 집 밖에 있어서 안 다쳤는데 울다가 기절해서 병원에 실려 갔다던데?"

그런 말을 마치 재밌는 가십처럼 신나게 말하는 김지연에게 순간 참을 수 없는 분노가 솟아났다. 연우는 김지연을 퍽 밀치고는 뛰었다. 하지만 학교 정문을 나서고 나서야 어디로 가야 할지를 모른다는 걸 깨달았다. 연우는 더운 여름, 뙤약볕에 쏟아지는 땀을 흘리며 정문에 우두커니 서 있었다. 자신이 감히 주제에도 안 맞는 말을 한 이곳에서. 연우가 정문에 서 있는 걸 본 선생님이 쫓아와 뭐 하는 거냐고 화낼 때까지 오래도록 멍하니 서 있었다.

"여기서 뭐 해? 벌써 3교신데! 설마 이제 등교한 거야?"

"선생님!"

연우는 그런 선생님의 말을 모두 무시하고 간절하게 말했다.

"다온이, 다온이 어디 있는지 알아요?"

"어, 너도 다온이랑 친했냐? 쯧, 어린애가 무슨 잘못이 있어서 그런 일을 다 겪는지."

연우를 혼내던 선생님은 다온의 얘기에 바로 태도를 날리했다. 다온은 이 선생님에게도 호감을 얻어내고 있었으리라. 속에서 나오는 깊은 한숨을 쉰 선생님은 연우 어깨를 툭툭 치며 말했다.

"병원 주소 알려줄 테니까 병문안하고 와. 다른 친구들은 이미 가 있을 거다."

세운대학병원 일반실 702호……. 연우는 선생님한테 주소를 받자마자 감사하다는 말조차 못 하고 바로 달려 나가서 택시를 잡았다. 택시에 타고 나서야 자신의 다리가 속절없이 후들거리는 것을 느꼈다. 아마 한참을 서 있었던 탓이겠지. 그뿐이겠지……. 연우가 머리를 약하게 택시 창문에 박았다. 시원한 택시 안에서도 계속 땀이 흘렀다. 그리고 한 가지 생각만을 했다.

병원에 가는 이 시간이 빨리 끝나기를, 그리고 영원하기를.

그러나 당연하게도 택시는 목적지에 도착했다. 연우는 비틀거리며 택시에 내린 뒤, 파란 하늘 아래 하얗게 칠해져 있는 커다란 건물을 올려다보았다. 눈이 부셨다. 다온의 병실까지 걷는 순간순간마다, 이미 실내임에도 너무 눈이 부셔 자꾸 눈물이 나왔다. 결국 다온의 병실 앞에 도착했을 때 연우는 쏟아지는 눈물에 얼굴을 적시며 가만히 서 있을 수밖에 없었다.

"다온아. 그럼 우리 가볼게. 언제든지 괜찮으니까 힘들면 바로 연락해! 알았지?"

연우가 하얀 문 뒤에서 얼마나 서 있었을까. 바로 문 너머에서 걱정 가득한 목소리가 들린다. 그와는 다르게 당당히 다온을 걱정할 수 있는, 다온의 친구들. 그들은 조심스럽게 문을 열고 나오다가 연우와 정면으로 얼굴이 마주쳤다.

"깜짝이야!"

"뭐야? 서연우?"

대번에 조용한 복도로 웅성거리는 소리가 퍼져나갔다. 연우는 이 소란에 다온이 불편함을 느낄까 봐 주춤거리며 뒤로 몇 발자국 물러났다.

"서연우. 들어와."

그리고 더 이상 물러나지 말라는 듯, 서릿발같이 차가운 목소리가 복도까지 들렸다. 친구들은 거의 들어본 적 없는 매서운 다온의 말투에 눈치를 보며 우물쭈물 연우를 봤고, 연우는 홀린 듯이 병실 안으로 들어갔다. 연우의 뒤로 조심스럽게 문이 닫혔다.

다온의 눈과 연우의 눈이 마주친 순간, 다온의 얼굴은 아주 험악하게 일그러졌다. 연우는 무서웠다. 정말 정말 무서웠다. 지옥에서 아주 엄격한 법관에게 심문을 받고 있는 것만 같았다. 그러나 피할 수도 없었다. 연우는 자신이 저지른 죄에 대한 죗값을 치러야만 했다.

"너 때문이야!"

'나 때문이야.'

"네 말 때문에! 네 말 때문에 모든 게 망했어! 적어도 그때 경찰에 가서 고소든 뭐든 했었더라면!"

'맞아. 그러면 경찰이 뭐라도 조치를 취해 줬을지도 몰라. 적어도 경찰에 체포된다면 경각심을 가지고 불을 지르는 범죄까진 안 저질렀을 수도 있어. 아니, 하다못해 불이 난 걸 보고 내가 뛰쳐나가기라도 했더라면…….'

연우는 무릎을 꿇었다. 염치없는 눈물이 흘렀다. 연우는 다온과 멀찍이 떨어진 채로 울고불고하며 사과했다. 자신의 죄가 너무 많아서 숨이 막힐 지경이었다.

"미안해, 미안해, 미안해."

"사과해 봤자 뭐 해! 이미! 이미……!"

그래. 사과는 아무 의미 없는 행동이다. 연우는 자신을 구해준 이에게 엄청난 불행을 안겨주었다. 나는, 나는 벌을 받아야 해.

다온이 병실에서 연우를 내쫓을 때까지 울던 연우는 터덜터덜 다시 집으로 돌아갔다. 돌아간 집에는 여전한 아빠의 폭력이 기다리고 있었지만 더 이상 아프지 않았다. 그저 시간이 너무 안 간다는 생각을 할 뿐이었다.

그냥 빨리 죽어버리고 싶은데, 삶은 계속되었다. 연우의 동의도 없이.

연우는 누구하고도 얘기하지 않았고, 끈질기게 말을 걸어오며 그에게 팔짱을 끼려는 친구들을 손으로 쳐냈다. 다온은 자신 때문에 모든 걸 잃었는데, 연우가 친구들이랑 어울려 즐겁게 지낼 수는 없었다.

연우에게는 죽은 듯이 사는 게 당연해진 나날이었는데, 그런 연우의 태도에 유난히 불만스러워했던 이가 있었다.

김지연. 걔는 선을 넘었다. 연우의 욕을 하는 건 괜찮았다. 다 맞는 말이니까. 그렇지만 다온을 건드리면 안 되었다. 연우는 지금까지 의욕이 없던 모습이 모두 거짓말인 것처럼 순식간에 타오르는 분노를 느끼며 아무거나 손에 집히는 것을 머리 위로 들어 올렸다. 속에서 부글부글 무언가가 끓었다. 어쩌면 자신도 아빠의 기질을 물려받았는지도 모르겠다는 생각을 했다. 폭력적인 범죄자의 피가. 연우의 벌게진 눈에는 다온을 모욕한 김지연밖에 보이지 않았다. 오직 타깃이 된 자만이 눈동자 가득 들어찼다. 그래서 연우는 있는 힘껏 손에 들고 있던 것을 내리친 순간이 되어서야 뭔가 잘못된 것을 깨달았다.

눈앞에 쓰러져 있는 여자아이는 아주 짧은 머리에 바지 교복을 입고 있었다. 연우의 작은 영웅이 검붉은 피를 흘린 채 쓰러져 있다.

아악!

연우는 울부짖었다. 머리는 하얗게 비어버렸고, 정신없이 다온을 만지려는 그의 손은 번번이 저지당했다. 그리고 연우는 보건 선생님이 달려와 다온에게 응급조치를 하고, 구급차에 다온이 실려 갈 때까지 계속, 계속 울었다. 자신을 비난하는 목소리가 아주 작게 들렸다가, 또 아주 크게 들렸다가 했다.

"너 미쳤어? 왜 의자로 사람을 쳐! 다온이한테 악감정 있어?"

다온이의 친구가 울면서 따지는 걸 보며 연우는 생각했다.

'아니, 아니야. 실수야. 내가 또 실수했어.'

두 번의 실수. 다온의 마음을 다치게 만들고, 이젠 몸까지 다치게 했다. 연우는 그 뒤로 완전히 혼자가 되었다. 안식처 같았던 학교는 또 다른 지옥이었다. 지옥, 그리고 지옥. 연우의 인생에서 지옥이 아닌 순간은 다온이 연우를 구해주던 그 순간밖에 없었다는 걸, 너무 늦게 깨달았다.

'다온이는 지금 어떤 마음일까?'

연우는 교무실에서 곧 학교폭력 심의위원회가 열릴 거라는 말을 듣고 터덜터덜 교실로 올라갔다. 아무 생각이 들지 않았다. 자신 같은 애는 퇴학당해야 했다. 그게 마땅하다. 미래 따윈 조금도 걱정이 되지 않았다. 그저 다온이 걱정될 뿐이었다. 멍하니 교실 뒷문으로 향하던 연우는, 마침 그를 스쳐 지나가는 다온을 보고 홀린 듯이 뒤돌아보았다.

다온은 웃고 있었다. 머리에 붕대를 쓴 채로 친구들과 팔짱을 끼고, 웃으면서 대화하고 있었다.

연우는 인생에서 가장 간절한 기도를 했다. 제발 네 속도 겉과 같기를. 그러나 그렇지 않으리라는 걸 안다. 다온 역시 아빠가 범죄자니까. 아이들은 결코 부모의 영향에서 완전히 벗어나지 못한다.

다온이는 억지로 웃고 있었다. 전혀 티 나지 않게. 다온은 오직 그에게 죄를 저지른 잔혹한 가해자만이 알 수 있는 자연스러운 미소를 짓고 있었다.

그때 다온의 친구가 뒤를 돌아보다가 연우와 눈이 마주쳤다. 대번에 그 애의 얼굴이 일그러졌다.

"야. 왜 노려봐."

"뭐야? 서연우?"

소란스러운 소리에 다른 친구들도 모두 뒤를 돌아보며 연우를 쏘아보았다.

"학폭 가해자가 왜 멀쩡히 학교를 돌아다녀? 미친 거 아냐?"

연우는 이제 안다. 가해자와 피해자의 분리는 쉽게 이뤄지지 않는다. 어쩔 수 없는 일이다. 그래도 학교를 나오지 말았어야 했는데. 아무 생각 없이 관성대로 움직이다 보니 학교를 나와 다온의 눈에 띄고 말았다.

연우는 말했다.

"미안해."

덩달아 뒤를 돌아 연우를 쳐다보는 다온에게 한 말이었다. 수 없이 한 말이지만 진심이 아닌 적이 없었다. 단 한 번도. 절로 인상이 일그러졌다. 또다시 눈물이 터질 것 같았다. 그때 다온이 연우의 팔을 덥석 잡았다. 연우는 너무 놀라서 순간적으로 다온의 손을 뿌리치려다가 간신히 진정했다. 심장이 쿵쾅거렸다.

또 다온이를 다치게 할 뻔했어.

"나 잠깐 얘랑 얘기 좀 하고 올게."

다온이 연우를 이끌었다. 연우는 저보다 훨씬 작고 힘도 약한 다온이 자신을 끌고 가는 게 힘들까 봐 이내 자신의 힘으로 따라서 걸었다. 어쩐지 그때가 생각났다. 다온이 연약한 힘으로 자신을 끌어 올려주던 그때가.

다온은 음악실로 들어가 문을 닫았다. 불이 꺼진 음악실은 커튼도 쳐져 있어 어두컴컴했다. 솔직히 말하자면 연우는 무서웠다. 다온과 단둘이 있는 상황이 너무, 무서웠다. 왜 무서운지도 모르면서.

"야."

살벌한 말투였다. 친구들과 있을 때의 밝고 상냥한 말투는 온데간데없다. 그러나 연우는 이제야 마음이 조금 편해졌다.

"너네 아빠 아직도 너 때려?"

"응."

"진짜로? 고소했잖아. 근데 뭐 아무것도 안 변해?"

연우가 망설이다 말했다. 다온이 연우를 원망했으면 좋겠다. 그게 맞으니까. 그래서 구차하고 찌질한 그의 사정을 모두 털어놓았다. 탈탈.

"변할 수도 있었어, 나는. 내가 어머니가 있는데 어머니한테 안 간다고 떼를 써서……, 그냥 그 집에 돌려보내진 거야. 보호시설도 안 간다고 했거든. 그러니까 너는, 너는 어쩌면 어머니랑 같이 보호시설에 갈 수도 있었고, 다른 조치가 취해졌을 수도 있었을 거야."

다온이 주먹을 꽉 쥔다. 주먹 쥔 손이 하염없이 떨린다. 연우는 다온이의 얼굴을 차마 볼 수 없어 다온의 주먹 쥔 손만 뚫어지게 쳐다봤다. 그러다 한순간 다온의 손이 활짝 펴졌다. 의식적으로 몸에서 힘을 빼는 것처럼.

"왜 어머니한테 안 갔는데?"

한참의 침묵 후 나온 말은 엉뚱한 질문이었다. 연우는 당황

했지만 솔직하게 말했다. 그때 학교 정문에서 다온이 그랬던
것처럼.

"엄마, 엄마는…… 나 버리고 스무 살 많은 부잣집 남자랑 재
혼했어. 아빠가 나랑 엄마 둘 다 때렸는데……. 나만 아빠 옆에
두고 가버렸어. 그래놓고 한참 지나서야 계속 나한테 연락하
고……."

"멍청이."

가차 없는 말이다.

"나 같으면 너네 엄마한테 죄책감 자극하면서 얻어낼 거 다
얻어내겠다."

의외로 비아냥거리는 게 아닌 진지한 말투였다.

"이왕 일이 일어난 거 어떡해? 살려면 처세를 잘해야지. 얻어
낼 거 다 얻어내고."

다온이의 목소리가 커졌다

"나 이모 집에서 어떻게 사는지 알아? 온갖 집안일은 다 도맡
아 해. 얹혀사는 게 너무 미안해서 뭐라도 하는 척. 힘든데 애써
싹싹하게 구는 척하면서."

연우는 어쩔 줄 몰라 하다가 다시 한번 "미안해." 하고 속삭
였다.

"그러니까!"

다온이 심호흡했다.

"그러니까 그런 게 필요 없다고! 차라리 돈으로 갚아. 아니! 그냥 평생 나한테 물질적인 걸 제공해. 나 이모 집에서도 나가게 해주고! 대학도 갈 수 있게 해!"

다온이 씩씩거렸다.

"진짜 미안하면 그렇게 하라고!"

그렇게 말한 뒤 다온은 문을 쾅 열고 나가버렸다.

'그래야지. 그게 맞아. 바보같이 뭐 하는 거야. 내 사과 따위 아무 의미 없는데.'

연우는 조용한 음악실에 우두커니 서 있다가, 주머니 안에 있는 핸드폰을 꺼냈다. 어두운 곳에 핸드폰 불빛만이 반짝거리며 연우의 얼굴을 비추었다.

〔연우야. 제발 꼭 연락 좀 줘. 엄마가 다 미안해.〕

'미안해.'라는 말은 의미 없다. 이제는 알았다.

연우는 망설이지 않고 통화 버튼을 눌렀다. 엄마는 연우가 연락한 것을 진심으로 고마워했다. 정말 고맙고 미안하다며, 그때는 아무것도 안 보이고 그냥 도망치고 싶었다고 고백하며 눈물을 흘렸다.

연우는 엄마를 이해하는 척했다. 그래야 다온을 위해 할 수 있는 게 많아질 테니까. 연우의 엄마는 중소 기획사 사장과 결혼했다. 오직 돈만 보고 한 결혼이었고 점점 가세가 기울고 있지만, 어쨌든 그 남자는 나름대로 연우를 반겨주었다. 연우는 바로 엄마와 남자가 사는 집으로 거처를 옮겼다. 아빠의 폭력은 당연히 끊겼다. 연우가 어디 있는지도 모를 테니. 그래도 혹시 몰라 엄마한테 모든 사실을 말하고 연우가 지금 아빠를 고소했다는 사실과 접근 금지 명령도 추가하고 싶다는 말을 했다. 엄마는 또 울었지만, 연우를 위해 기꺼이 나서주었다. 연우는 속으로 두 번은 안 버려서 다행이라고 빈정거렸다.

덕분에 연우는 처음으로 변호사와 미팅도 해봤다. 병원에 가서 온몸의 상처도 찍었고, 그건 그대로 증거가 되었다. 그리고 학폭위에도 변호사를 대동하고 참석했다. 연우의 엄마는 다온에게 사과와 함께 막대한 돈을 줬다.

연우가 무슨 생각을 하든, 다온이 원하는 것은 돈일 테니까. 실제로 다온은 순순히 연우를 옹호하는 글과 함께 선처를 결정했다.

그 순간순간마다 연우는 엄마의 죄책감을 자극했다. 불쌍한 척, 엄마를 원망하지 않는 척. 덕분에 연우가 고등학교에 입학할 때쯤에는 원하는 걸 더 많이 얻어낼 수 있었다. 그걸 위해선 몇 가지 단계를 거쳐야 했었다. 먼저, 엄마의 남편이 바람을 피우는 걸 모텔까지 찾아가 증거 사진을 찍었다. 스무 살 어린 여자랑 사는 남자라니, 아무리 사람 좋아 보이는 이라도 뻔한 일이었다. 그걸 엄마한테 갖다 바치면서 더 이상 이상한 아빠와 함께 사는 게 싫다고, 엄마랑 둘이 살고 싶다고 연우는 슬프게 눈물을 흘려댔다.

엄마는 연우를 안아주고는 그 남자에게 가서 위자료를 주고 조용히 이혼해 주지 않으면 이 사진을 뿌리겠다고 했다. 나름 연예인 출신의 중소 기획사 사장이던 그 남자는 거의 다 망해가는 자신의 기획사를 엄마에게 위자료로 주고 조용히 이혼했다. 언론에 이혼의 이유를 말하지 않겠다는 계약서까지 쓰고.

그때 연우는 자신이 무슨 생각을 했는지 잘 기억이 안 났다. 자신 때문에 이혼까지 하는 엄마를 보며 기뻐했는지, 아니면 이제 와서 그러나 하고 원망했는지 알 수 없다. 그저 자신의 목표만 되뇌었을 뿐이다. 다온에게 도움이 되는 사람이 되자. 그러기 위해 필요한 일들을 할 뿐이었다.

연우에게 유난히 잘 속아 넘어가는 엄마는 사업만은 잘했다. 하긴 연우의 엄마, 김이선은 전남편과 결혼해 경력이 단절되기 전까지는 명문대 출신에 나름대로 이름 있는 회사를 다녔었다. 능력도, 열정도 있었다. 기획사를 맡고 나서는 딸을 먹여 살려야 한다는 사명감에서 비롯한 열정이었지만, 생판 모르던 분야에서 어떻게든 중심을 잡고 회사를 이끌었다. 그리고 김이선의 기획사는 연우가 고등학교 2학년이 될 때쯤, 한 아이돌 그룹이 대박 나면서 완전히 위상이 달라졌다.

그러자마자 연우는 엄마에게 간절하게 말했다. 자신이 폭력을 행사했던 피해자에게 모든 걸 갚아주고 싶다고 했다. 그 친구는 기꺼이 가해자인 자신에게 손을 내밀어주고 친구로 지내주었지만, 막상 그 친구는 힘들게 살고 있다고.

김이선은 순순히 전세로 집을 얻어 다온에게 내주었다. 그러나 연우는 부족하게 느껴졌다. 모든 것은 자신이 아니라 자신의 엄마가 해준 거니까. 다온은 뭐든지 연우를 버렸던 엄마를 이용하라고 했고, 연우는 그렇게 했지만 어쩐지 속이 영 불편했다.

결국 다온을 따라 같은 대학교를 가고, 대학교 정문 근처에서 길거리 캐스팅을 당했을 때 이거다, 싶었다. 그렇다고 어려운 길을 돌아가지는 않았다. 연우는 바로 엄마한테 배우가 되고 싶다고 했고 엄마는 알겠다고 했다. 애초에 아이돌 전문 기획사였으면서. 그렇지만 노래를 못 부르니 연우로서는 어쩔 수 없는 선택이었다.

연우는 자신의 외모가 그렇게 잘난 건지 데뷔하고 나서야 알았다. 몰려드는 대본과 인기 덕에 따로 뭘 할 필요도 없었고, 오직 자신의 계좌로 들어오는 돈만 신경 썼다. 이럴 줄 알았으면 진작 데뷔할걸. 그런 생각도 했다. 새아빠의 바람을 잡아 기어코 둘을 이혼하게 할 일 없이.

그러나 연우는 안다. 수없이 울며불며 과거로 보내달라고 빌어대도, 자신이 얻는 것은 붉어진 눈두덩이뿐이었다. 그러니 그저 미래를 바라보며 사는 수밖에 없었다. 과거는 젖은 흙바닥에 고이 묻어둔 채로.

자신은 다온을 위해 헌신할 뿐이다. 끝없이. 다온을 제외한 나머지는 그저 다온을 잘 살게 하기 위한 도구 혹은 수단에 불과했다. 그게 친엄마라고 해도.

그러니 제게 웃어주는 엄마를 향해 때때로 드는 미약한 죄책감은 무시한 채 다온에게 끝없이 잘해주면……. 그럼 내 잘못이 아주 조금 옅어질지도 몰라. 연우는 그렇게 생각했다. 정말 다온에게 모든 것을 다 해줬는데……. 다온도 그렇게 느낄까?

연우는 항상 불안감을 느꼈다. 다온이 불행할까 봐. 다온은 행복해야 하는데. 연우는 다온만 행복하다면 자신도 행복했다. 그러나 다온이 불행하다면, 연우 역시…… 불행했다.

6.

푸른 책

연우의 학폭 사건은 그렇게 마무리되었다. 폭력은 그래도 폭력 아니냐며 여전히 비판하는 사람도 적지 않았지만, 피해자라고 알려진 다온이 적극적으로 연우를 감싼 덕에 논란은 그럭저럭 조용히 묻혔다.

다온은 그사이에 붉은 책을 사용해서 진도를 쭉쭉 나갔다. 솔직히 말하자면, 아직도 붉은 책을 쓸 때마다 가슴이 벌렁거렸다. 또 자신이 가해자로 나올까 봐. 그럼에도 계속 사용한 것은 아마 오기 때문일 것이다. 다온은 "내가 또 가해자면 어때, 죄를 지었으면 벌받아야지."라고 중얼거리며 페이지에 손을 올리고는 했다.

다온은 이번에도 한 사건을 처리하고 나서 침대에 발라당 누웠다. 다온은 연우가 피해자로 나온 페이지 빼고는 대부분의 페이지 속 이야기를 연우와 공유했다. 그러면 연우가 인별을 통해 공론화해 주었다. 몇 차례 겪으면서 깨달은 건데, 둘의 가설이 맞았다. 대부분의 피해자가 다온의 생활 반경 안에서 살고 있었다. 그렇지 않은 사람은 어쩌다 다온과 마주쳤던 게 아닐까 추측했다.

덕분에 요즘은 일부러 멀리까지 돌아다니는 경우가 종종 생겼다. 다온의 생활 반경이 넓으면 넓을수록 더 많은 사람들이 기회를 얻을 테니까.

"나랑 멀리 산다는 이유로 복수의 기회조차 받지 못한다면, 너무 억울하잖아. 안 그래도 억울한 일 천지일 텐데."

다온은 연우에게 그렇게 말했다. 그래서 다온은 뜬금없이 제주도를 1박 2일로 다녀오기도 했고, 하루에 세 개의 도시를 돌아다닐 때도 있었다. 그런 일들을 반복하다 보니 어느새 방학이었다. 애초에 다온은 4학년이라 남은 학점이 얼마 안 돼서 수업을 거의 안 듣긴 했지만, 그래도 방학이 되니 기분이 좋긴 했다. 붉은 책도 벌써 9페이지까지 완료했으니, 다음은 10페이지다. 다온은 10이라는 숫자에 괜히 뿌듯해졌다.

다온은 오늘 간만에 연우가 아닌 다른 친구들과 함께 카페에서 만났다. 곧 졸업하고 취업 전선에 뛰어들 이들이기에 대화의 주제는 거의 하나로 귀결됐다.

"나 뭐 해 먹고살지?"

다온을 배려해 그의 학교 근처 카페로 기꺼이 와준 친구들 중에 중학교에서부터 친구인 정은이 진지하게 말했다. 누구에게라고 할 것 없는 공허한 질문이었다. 다온은 그런 정은의 어깨를 끌어안아 품에 안고는 토닥거려 줬다.

"뭐든 잘하겠지. 넌 끈기가 진짜 좋잖아. 저번에 한국사 자격증도 한 번에 합격하고! 대단해, 진짜."

영혼이 담기지 않은 위로지만 진심인 척, 따뜻하게 말했다. 덕분에 이를 진심으로 받아들인 정은이 다온을 와락 끌어안았다.

"너밖에 없다, 진짜. 맨날 응원해 주고……."

뭐, 말이 어렵겠는가. 사실상 인생의 대부분이 건조하게 느껴진다고 해도, 그걸 굳이 티 내서 얻을 수 있는 건 하나도 없다. 말이라도 잘하면 이렇게 신뢰를 금방 얻을 수 있는데. 스스로 약은 사람이란 건 잘 안다. 다온은 애초에 그런 사람이니까. 아니다. 정확히는 그날부터일 것이다. 호의를 베풀었음에도 결과가 최악으로 돌아왔던 그날부터. 다온은 진실된 마음과 호의는 결코 실질적인 도움이 되지 않는다는 걸 배웠다. 아주 값비싼 대가를 치르고 나서야. 그건 다온이 연우와 자신의 과거를 되돌아봤다고 해도 쉽게 변하지 않을 가치관이고, 배움이었다.

그렇게 친구들과 재미있는 얘기를 하기도 하고, 우울한 얘기도 하면서 시간을 보낼 때, 다온은 어느 순간 스치듯 들린 익숙한 목소리에 시선이 확 돌아갔다.

"어?"

"왜? 아는 사람 있어?"

"어, 아니……?"

다온은 애매하게 의문문으로 말을 맺었다. 왜냐하면 아는 사람이긴 아는 사람인데 아는 척할 정도인가? 하면 단호하게 아니, 라고 할 만한 인물이었기 때문이다.

"아, 잘생겨서 놀란 거야? 무슨 연예인 같긴 하다."

"와 그러게. 진짜 잘생겼다."

그래. 저 하얗고 천사 같은 얼굴. 두 번째 피해자인 이해준이었다.

이제까지 아홉 명의 피해자를 만났지만, 그중에서도 워낙 잘생긴 얼굴이라 잊으려야 잊을 수가 없었다. 다온은 친구들의 호들갑에 다시 한번 뒤를 살짝 돌아보았다가 그대로 몸이 굳고 말았다. 너무 익숙한 책이 해준의 테이블 위에 놓여 있었다. 다온은 황급하게 가방에 늘 들고 다니던 책을 꺼내 들었다.

"어, 그 책은 뭐야?"

다온은 친구들의 물음을 무시하고는 해준의 책과 자신의 책을 몇 번이고 번갈아 보았다.

똑같았다.

색만 제외하고. 저 책은 다온의 책과 다르게 푸른색이었다.

'왜지?'

해준도 다온과 똑같은 임무를 맡은 걸까? 근데 왜 책의 색이 다르지? 아니, 색깔이 문제가 아니잖아. 이 일을 하는 게 자신 말고도 또 있다고?

다온은 어쩐지 멍했다. 솔직히 말하면, 다온은 자신이 선택 받은 특별한 사람이라고 생각했다. 그럴 만한 경험을 겪었으 니까. 그래서 제게 어떠한 권리를 부여해 준 거라고 생각했는 데…… 해준도 그런 과거가 있을까? 아니면…… 얼마 전 그 사건 때문에 책을 받은 것일까? 충격을 받아서인지 다온의 눈 엔 주변 소리도, 풍경도 보이지 않고, 오직 해준만 보였다. 그러 다가 해준이 푸른 책을 탁자 위에 놓고 펼치자, 더 이상 못 참고 벌떡 일어나 그에게로 성큼성큼 걸어갔다.

"저기요!"

다온이 부러 목소리를 높이며 테이블에 한쪽 손을 탁! 올리 자 놀란 해준의 어깨가 크게 들썩였다.

"누구……? 아, 이다온 씨?"

"네! 기억하시네요!"

다온은 의외로 자신을 한번에 알아본 해준에게 짧은 인사를 건네면서도 시선을 푸른색의 책에서 뗄 수가 없었다.

"다짜고짜 정말 죄송한데요, 이 책 뭐예요?"

"네? 아, 음…… 그냥 소설책입니다."

애매하게 웃으며 말하는 해준의 시선이 갈피를 못 잡고 이리저리 움직였다. 거기에 어물거리는 태도를 보자 분명 남들한테 말하기엔 "미치셨어요?"라는 소리 듣기 좋은 책일 것이라는 감이 왔다.

"그 책 이거랑 같은 거 맞죠?"

다온은 테이블 밑으로 내려놓았던 한쪽 손을 올리며, 그 손에 쥐고 있던 책을 테이블 위에 턱 하고 올려놓았다. 놀란 해준이 흡, 하고 숨을 들이켜는 소리가 났다. 안 그래도 커다란 눈이 더욱 커다래져서는 속눈썹을 팔랑거리며 책을 한 번, 다온을 한 번 쳐다본다.

"저도 이 책 받았어요."

해준의 목덜미가 크게 움직인다.

"불행한 이들을 위하여."

제목을 들은 해준이 고개를 갸웃거린다.

"그게, 책 이름이에요?"

그러더니 책을 자세히 살펴보았다.

"진짜네……."

"그쪽은 책 제목이 달라요?"

다온은 질문과 동시에 푸른 책의 제목을 읽었다.

"행복한 이들을 위하여……."

다온은 순간 기가 막혀서 할 말을 잃었다. 왜? 왜 다온은 무슨 어둠의 심판자 같은 책을 주고 저 사람한테는 저렇게 착해보이는 책을 준 거야! 이건 불공평하잖아! 다온은 억울해서 몇번이고 말을 더듬다가 간신히 말을 이을 수 있었다.

"이거, 이거 언제 받으신 거예요?"

해준이 말해도 되나 싶은 얼굴로 대답을 망설였다.

"말해도 돼요. 저는 아예 이 책의 존재부터 내용까지 다 친구랑 공유하고 있거든요. 근데 아무 일 안 생겼어요."

다온은 더 자세히 말했다. 내가 솔직히 말할 테니 당신도 말해달라는 신호다. 그사이에 다온이 원래 있던 테이블을 살짝보니 친구들이 적잖게 당황한 얼굴로 다온을 바라보고 있다. 다온은 잠깐만, 이라고 입 모양으로 말한 뒤에 다시 해준을 보며 말을 이었다.

"참고로 저는 3개월 전에 받았어요. 불행한 이들을 위하여라는 제목처럼, 불행한 피해자와 그를 불행하게 만든 가해자가 가상공간에 함께 나와요. 가해자는 붉은빛, 피해자는 푸른빛을 뿜으면서요. 그럼 저는 가해자한테 벌을 주면 되는 시스템이에요. 그쪽은요?"

해준은 바로 대답하지 않고 무언가 곰곰이 생각하는 눈치였다. 그러다가 불현듯 고개를 들어서 다온의 눈을 똑바로 보고 말했다. 아까의 허둥대던 태도를 진정시킨 듯 침착한 모습이다.

"혹시, 저도 그 책에 나왔나요?"

"……."

다온은 대답을 망설였다. 사실을 말해도 되는지 안 되는지 모르겠다. 그러나 해준은 다온의 침묵에서 이미 대답을 들은 모양이다.

"이상하다고 생각하긴 했어요. 타이밍도, 상황도 너무 절묘하잖아요. 제가 다리를 다치자마자 상대방은 더 심하게 다리를 다치다니."

다온은 한숨을 쉬었다. 긴 얘기가 될 것 같아서 일단 해준의 앞에 있는 의자에 풀썩 앉으며 말했다.

"맞아요. 당신이 제 책의 두 번째 피해자였어요."

해준이 눈을 길게 감았다가 떴다. 그만큼 둘 사이의 침묵도 길어졌다. 해준이 말을 안 하는 시간이 길어지자 다온은 초조해졌다.

'내가 당신을 괴롭힌 자를 똑같이 괴롭혀 줬어!'라고 으스대기에는 그때 해준의 태도가 마음에 걸렸다. 가해자가 다쳐도 걱정을 먼저 하던 모습. 그런 사람이라 저런 책을 받은 것일까?

무슨 말을 들을까 긴장하던 다온은 갑자기 해준이 입을 열자 깜짝 놀랐다.

"감사해요."

"네?"

다온은 순간 잘못 들은 줄 알고 얼떨떨하게 되물었다. 솔직히 말하자면 그때처럼 따끔한 일침이라도 들을 줄 알았다.

"어쨌든 덕분에 괴롭힘도 멈췄고, 그리고 무엇보다도 사건이 다시 공론화되어서 가해자들이 제재를 받았으니까요."

"아, 가해자들 모두 퇴학 처리되었죠?"

다온은 조금 뿌듯하게 말했다. 그 이후로 사건이 어떻게 처리되는지 얼마나 관심을 갖고 지켜봤는지. 커뮤니티나 SNS에 부계정을 잔뜩 만들어 관련 글을 쓰기도 여러 번이었다. 굳이 이 사건뿐 아니라 다른 사건들도 어떻게 흘러가나 지켜보고 뿌듯해했다. 대부분 다온의 주위에서 일어난 사건들이라 관련 정보를 듣기도 쉬웠다.

아무튼 사건 하나하나에 관심을 기울인 다온이었지만 피해자가 직접 감사 인사를 하는 건 처음이었다. 얼떨떨한 마음도 잠시, 점점 기분이 좋아졌다. 심지어 저도 모르게 실실 웃기까지 했다.

"뭐, 제 일이니까요. 그렇게 고마워하지 않으셔도 돼요."

일부러 다온이 어른스럽게 말했다. 속으로는 사실 엄청 기쁘면서도 괜히 뽐내기가 좀 그랬다. 병실에서 만났던 해준의 제법 점잖은 태도가 생각나서인지, 저도 괜히 방방 뜨기가 민망한 탓이었다. 그런 다온의 속을 모르고 해준이 진지하게 말했다.

"저는 이 책을 퇴원하고 나서 받았어요."

역시! 왠지 그럴 것 같았다. 만약 사건 전에 이런 책을 가지고 있었다면, 그때 이미 수상함을 느끼고 다온에게 이것저것 질문을 했을 것이다. 그러나 그날 본 해준의 모습엔 그런 기색이 전혀 없었다.

"처음엔 되게 혼란스러웠는데, 한 명 한 명에게 축복을 내려준다는 마음으로 하고 있어요."

"축복이요?"

"네. 제 책은…… 행복한 누군가가 흰빛으로 빛나고, 그를 행복하게 해준 사람이 푸른빛으로 빛나요. 저는 푸른빛의 누군가에게 축복을 내려줘요. 그렇게 하면 그 사람에게 제가 말한 대로 좋은 일이 일어나더라고요."

그것참, 성스럽게 들리는 일이네. 다온은 방금 전까지 뿌듯

함으로 가득 찼던 마음이 은근슬쩍 삐뚤어지는 걸 느꼈다. 누군가는 처벌, 누군가는 축복. 사람 차별하는 것도 아니고 너무하다 싶었다. 애초에 이 임무를 부여한 이가 누구인지 혹은 '무엇'인지 전혀 모르지만.

"아무튼, 좀 기쁘네요."

갑자기 해준이 쑥스럽게 웃어 보이자 속으로 잔뜩 불평하던 못난 다온의 마음이 뜨끔했다.

"저, 모르는 것도 많고 확신하기 어려운 것도 많았거든요. 무엇보다……."

해준이 말을 망설이다, 다온을 똑바로 쳐다봤다.

"이게 진짜인지, 아니면 내 망상 같은 건지 고민했는데…… 정말 고마워요. 이다온 씨."

그렇게 다온을 보는 눈빛에는 호의와 따뜻함이 가득 담겨 있었다.

'경계가 걷힌 이해준의 눈빛은 이렇구나.'

다온은 멍하니 생각했다.

"야, 이다온!"

그러다가 기어이 자신의 이름을 소리쳐 부르는 친구들 덕에 파드득 어깨를 떨며 정신을 차렸다. 다온은 부산스럽게 책을 정리하며 해준에게 말했다.

"일단 저는 일행이 있으니까 돌아갈게요. 나중에 연락해도 돼요?"

"아, 네."

그 말에 덩달아 허둥지둥 동작이 커진 해준을 뒤로하고 서둘러 자리를 뜨려는데, 등을 돌린 다온에게 갑자기 해준이 크게 소리쳤다.

"이다온 씨!"

해준은 기껏 이름을 불러놓고는 계속 망설이다 겨우 입을 열었다.

"다온 씨 책에 제가 나왔다고 했죠?"

"네, 맞아요."

다온이 얼떨결에 답했다.

"제 책에도 다온 씨가 나온 적 있어요."

"네?"

도대체 무슨 뜻인지 물어보려던 참이었다.

"다온아! 여기서 뭐 해?"

정은이 결국 기다리다 못해 다온에게 다가와 말을 걸었다.

"아는 사람이야?"

"어…… 아는 사람인데 반가워서……. 미안, 자리 너무 오래 비웠지."

다온은 간신히 웃어 보인 뒤, 해준을 향해 고개를 끄덕여 대충 인사하고는 그 자리를 떠났다. 그러나 속에는 의문이 피어올랐다. 타인을 행복하게 해준 사람에게 축복을 내리는 책. 그런 책에 다온이 나왔다고?

왜?

아무리 생각해도 누군가를 행복하게 해준 일은 떠오르지 않았다. 아, 누군가를 불행하게 한 일은 있다. 서연우. 그때 이후로 계속 마음에 걸리는 이름. 연우와 계속해서 책 이야기도 하고 도움도 받고 있지만, 다른 이야기는 못 꺼내고 있다.

이를테면…… '너, 정신과는 다니고 있어?', '요즘 기분은 어때?' 같은 것들.

그렇게 오랫동안 보아왔는데 다온은 아무것도 모르고 있었다. 심지어 그런 말을 꺼내는 것도 어색한 사이였다.

다온은 머릿속에 순간적으로 푸른 책, 행복, 불행, 연우 등등 온갖 인물과 사건들이 몰아쳐서 어지러울 지경이었다. 그 때문에 친구들이 무슨 말을 했는지, 자신이 뭐라고 답했는지 전혀 기억나지 않았다. 결국 중간에 피곤하다며, 붙잡는 친구들을 간신히 떨쳐내고 빠져나왔다. 혹시 몰라서 해준이 있던 곳을 쳐다봤지만, 역시나 그곳엔 이미 다른 사람들이 앉아서 즐겁게 얘기하는 중이었다.

나가는 걸 보지도 못했는데……. 그래도 연락하겠다고 했으니 됐겠지. 다온은 아쉽게 생각하면서 카페를 나와 집으로 가자마자 바로 전화를 걸었다. 평범한 신호음이 울리고 이내 "여보세요?" 하는 차분한 목소리가 들렸다.

"안녕하세요. 저 이다온이에요. 우리 다시 만나서 얘기 좀 할 수 있을까요?"

수화기 너머로 망설이는 듯한 침묵이 전해졌다.

"솔직히 제 입장에서는 조금 망설여지네요. 제 책에 나오신 분과 이렇게 계속 접촉하고 인연을 이어가도 될지……."

"그게 무슨 상관인가요? 저는 이제까지 제 책에 나온 사람들한테 엄청 관여하고 지켜봤는걸요."

"저는 제가 할 일만 해야 한다고 생각해요. 그 외에 관여하거나 그런 건 이 책을 주신 분의 뜻이랑 어긋난다고 생각해요."

"……종교인이세요?"

다온이 떨떠름하게 물었다. 책을 줍고 나서부터 자신도 '절대자'라든가 신 비슷한 존재가 있다는 건 믿게 되긴 했지만……. 어떤 종교든 믿음을 가지고 교리를 따르는 사람들과 다온은 항상 잘 맞지 않았다.

"지금은 아니에요."

돌아오는 대답이 너무 담백해서 다온이 도리어 머쓱해졌다.

그래서 부러 목소리를 높여 말했다.

"만약 책에 나온 사람에게 직접적으로 관여하지 말아야 한다면, 그걸 알려줬겠죠. 책에 이걸 어떻게 사용하는지 사용법까지 다 적혀 있는데, 금기나 부작용이 있으면 있다고 적어주지 않았겠어요?"

"……."

"솔직히 궁금하지 않아요? 제가 그 책에 나왔다면서요. 당신의 영향력 아래 제가 어떤 변화를 겪었고 겪을지 궁금하지 않으시냐고요. 아니면 반대로 내 책에 나온 당신이 궁금하다거나?"

"저는 별로 궁금하지 않아요."

"거짓말!"

이건 진짜 믿을 수 없었다. 다온만 해도 자신이 해준의 푸른 책에 행복한 사람으로 나온 건지, 아니면 누군가를 행복하게 만들어준 사람으로 나왔는지 궁금해 죽겠는데! 다온은 해준도 분명히 붉은 책에 대한 게 궁금할 것이라고 단정 지었다. 정확히는 다온의 책에 나온 본인의 사연에. 과연 어디까지 나왔는지, 정확히 처벌의 내용이 무엇인지 그런 것들을 인간이라면 궁금하지 않을 리가 없다고 확신했다.

"그쪽은 아니어도 저는 궁금해요! 서로 관여한다고 잘못된다는 보장도 없잖아요."

여전히 계속되는 침묵에 다온은 간절하게 말했다.

"일단 우리 만나요. 네?"

다온은 속으로 남자 친구들한테도 이렇게 매달려 본 적이 없다고 한탄하며 해준에게 매달렸다. 그렇지만 정말, 여러 의미로 놓칠 수 없는 사람이다. 다온과 비슷한 책의 주인이고, 다온의 책에 나왔으며, 푸른 책에 나온 다온을 본 사람. 다온은 그에게 듣고 싶은 이야기가 너무 많았다.

"그럼 제가 있는 쪽으로 오세요. 저 지금 카페 여름 바로 앞이에요."

좋았어! 다온은 재빨리 전화를 끊고 해준이 말한 카페로 달려갔다. 아까의 커다란 카페와 달리 카페 여름은 소박하고 작았다. 문을 열고 들어가자 딸랑거리는 소리마저 정겹게 느껴진다. 다온은 카페에 들어서자마자 창가에 앉아 있는 해준을 단박에 발견할 수 있었다.

해준은 푸른 책을 테이블에 올려두고서는 가만히 그 책을 바라보고 있었다.

"안녕하세요!"

다온은 재빨리 해준의 테이블 앞으로 가 인사를 건넸다.

"안녕하세요."

해준은 여전히 심각한 얼굴이었지만 일단 입꼬리를 올리며 인사를 받아줬다.

"일단, 저부터 말씀드릴게요."

다온은 해준의 앞자리에 앉자마자 무턱대고 말을 꺼냈다.

"네?"

"당신이 내 책에서 어떻게 나왔는지, 어디까지 나왔는지요."

"아뇨!"

해준이 세차게 고개를 젓더니 망설이는 투로 말을 이었다.

"그건 별로 알고 싶지 않아요. 제가 이곳에 온 건…… 이다온 씨가 궁금해하는 걸 알려주기 위해서예요."

"좋아요!"

다온은 냉큼 말했다. 그래. 자기 일 알기 싫다는데 됐다 그래. 다온은 자신의 얘기만 들으면 된다.

"말씀해 주세요. 제가 그 책에 왜, 어떤 식으로 나왔는지!"

해준은 차분하게 이야기를 시작했다.

"저는 흰빛의 사람을 행복한 자, 푸른빛의 사람을 행복할 자라고 불러요. 누군가를 행복하게 해준 푸른빛의 사람은 제 축복으로 행복해질 테니까요."

"그리고 제가 그 행복할 자로 나온 거군요? 행복한 자는 누군가요?"

"아직 말씀도 안 드렸는데 어떻게……."

"그야, 저는 행복한 적이 없으니까요."

다온은 담담하게 말했다. 해준은 말문이 막힌 것 같았다. 해준의 먹먹한 얼굴이 이상하게 느껴질 정도로 다온에게는 당연한 일이었다. 다온에게 행복은 언제나 거리가 먼 무언가였다. 그저 우울증 약을 먹으며 '죽고 싶지 않은 상태'를 유지하는 것이 다온에겐 최고의 컨디션이었다. 아주 오랫동안. 그러니 남은 건 행복할 자. 누군가를 행복하게 해준 자겠지.

궁금한 건, 사실 '어떻게'였다. 행복해진 사람이라고 한다면, 그 대상이야 유력했다. 다온이 책을 통해 도와준 사람들. 그중에서도 다온이 도왔다는 걸 아는 해준이 가장 유력하지만……, 그때 태도를 보면 그렇게까지 다온에게 고마워하고 행복해하는 모습을 보이진 않아서 헷갈렸다.

"행복한 자는 저예요. 이다온 씨."

다온은 차분히 고개를 끄덕였다.

"그럴 줄 알았어요."

사실은 제법 헷갈렸지만, 다온은 허세를 떨며 짐짓 그렇게 말했다. 이 사람 생각보다 행복했었구나……. 그야 다행이긴 한데, 행복하다는 감정이 다온에게는 그다지 와닿지 않아서 약간 얼떨떨했다.

"제 책 속에서 푸른빛의 사람은, 그러니까 이다온 씨는 저와 단톡 성희롱 피해자들을 위해 온갖 노력을 다해요. 서연우 씨의 인별을 이용하고, 각종 커뮤니티를 이용하고, 학교에 직접 문의하고……."

그런 모습을 다 보았다니 조금 쑥스러웠지만, 부끄럽지는 않았다. 자랑스러우면 자랑스러웠지.

"그리고 학교 측에서 가해자들이 모두 퇴학되었다는 통보를 받고, 피해자 중 한 분이 울면서 저한테 고맙다고, 제 덕분에 지옥에서 벗어난 것 같다고 했어요. 그럼 저는…… 행복하다고 느껴요."

그런 모습을 봤어요. 그렇게 이어 말하며 해준이 미소 지었다. 다온은 이해하기 어려운 감정이었다. 뿌듯하겠지. 기분 좋겠지. 그러나 거기서 끝이었다. 행복한 감정까지 느낄 정도인가? 알 수 없었다. 다온은 대신 알기 쉬운 걸 물었다.

"그래서 내게 준 보상은 뭐예요?"

잠깐 해준이 다온을 속물 보듯 쳐다봤다. 다온은 억울해졌다. 뭐 어쩌라고. 애초에 거기에 제일 큰 관심이 갔다고. 사람이라면 누구나 그런 거 아냐? 저 성자 같은 이해준 빼고. 다온은 속으로 투덜거렸다.

"만약 이다온 씨에게 나쁜 일이 생긴다면 막아주기를."

다온은 해준이 이번에도 망설일 줄 알았다. 그러나 해준은 망설임 없이 내뱉었다. 차분한 어투로. 그 말을 듣는데 문득 무언가가 생각났다.

'내가 서연우만큼 죄책감에 시달리는 날이 오기를.'

다온이 가해자인 자신에게 한 처벌이었다. 몇 달이 지나도록 별일이 생기지 않아서 의아한 마음이 들었는데, 만약 저 '축복'이 나에게 생길 처벌을 막아준 거라면? 마음이 심란해졌다. 다온이 마땅히 받아야 할 벌을 요행으로 피해 간 느낌이었다. 그래도 되는 건가?

다온은 간신히 입을 열어 흘리듯 말했다.

"고마워요."

어쨌든 다온에게 나쁜 일이 안 생기길 바라면서 한 말이니까. 거의 관성적인 감사 인사였다.

"이다온 씨가 먼저 절 행복하게 해주셨는걸요. 저는 이번 사건으로 느꼈어요. 강한 처벌도 중요하지만, 그보다 중요한 것은 나쁜 일이 아예 안 생기는 거라는 걸요. 결국 가해자들은 퇴학했지만, 피해자들은 정말 힘들어했거든요. 그 힘듦이 처벌로 덜어질 수는 있어도 완전히 없어지기는 힘드니까요."

다온은 해준을 빤히 쳐다봤다. 그 빛나는 눈을.

"그래서 그런 소원을 빌었어요."

아, 이게 이다온과 이해준의 차이구나. 각각 붉은 책과 푸른 책을 받은 이유. 다온은 다온을 괴롭힌 자들이, 타인을 괴롭힌 자들이 고통스럽길 바란다. 죗값을 치르길, 아니 그보다도 더 괴로워하길!

근데 해준은 아니었다. 아예 나쁜 일이 일어나지 않기를 바랐다. 피해자도, 가해자도 생기지 않게, 그저 행복하기만을 바랐다.

다온은 오랫동안 침묵했다. 그런 다온을 해준은 의아하게 바라봤지만, 머리가 너무 복잡해 차마 뭐라고 말을 건네기 어려웠다. 결국 창문 밖이 어두워지도록 다온은 입을 다물었고, 생각에 잠긴 다온을 위해 해준 역시 조용히 있었다.

고요 속에서 다온은 마냥 혼란스러웠다.

어느 순간 정신을 차린 다온은 자신을 위해 조용히 빨대를 물고 있는 해준을 바라보았다. 이미 해준의 음료는 바닥이 드러난 상태인데도, 다온의 앞을 떠나지 않고 자리를 지켜주고 있었다. 다온은 저렇게는 못 할 것 같았다. 잘 알지도 못하는 사이인데도 자연스럽게 해주는 섬세한 배려들. 이다온은 이해준이 될 수 없었다.

다온이 문득 말했다.

"역시, 나는 이 일이 맞는 거 같아요."

"네?"

"타인을 불행하게 만든 사람을 처벌하는 일이요."

해준은 어리둥절한 얼굴이다.

"결국 나쁜 일은 생기기 마련이잖아요. 수많이 생기는 나쁜 일 중, 한두 명의 가해자라도 처벌받으면 나머지 가해자들이 경각심이 들지 않을까요? 아, 천벌이라는 게 있구나. 그렇게라도요."

해준이 선뜻 고개를 끄덕였다.

"맞는 말이에요. 저는 이다온 씨 일도, 제 일도 필요하다고 생각해요. 서로 관여해도 되는지는 여전히 모르겠지만, 적어도 우리가 이 일을 함으로써 더 나은 세상으로 향한다고 생각해요."

해준이 덧붙였다.

"비록 방식은 정반대더라도요."

다온은 씨익 웃었다. 그래, 이런 방식이 있으면 저런 방식도 있는 거지. 결국은 더 나은 세상으로 향한다는 거. 썩 맘에 드는 말이다.

"해준 씨. 앞으로 저희 자주 연락해요. 저는 해준 씨 이야기 들으면서 세상에 행복한 사람이 늘어나겠구나 하고 생각할 수 있고, 해준 씨는 제 이야기 들으면서 불행한 사람이 줄어들었구나, 그렇게 생각할 수 있잖아요."

어느새 편해진 호칭만큼, 다온은 해준이 편해졌다. 그리고 이왕이면 더욱 편해지고 싶다.

"아예 반말해도 돼요? 솔직히 같은 대학생끼리 무슨 씨, 무슨 씨 하는 거 너무…… 민망하잖아요."

앞선 요구에도 아직 대답하지 못한 해준은 몰아붙이는 다온에게 말려서 얼떨결에 "네." 하고 대답했다.

"그래! 그럼 앞으로 자주 보자, 해준아! 난 스물세 살인데 넌 몇 살이야?"

다온은 일부러 휘몰아치듯 해준의 정신을 쏙 빼놓았다.

"어…… 저도, 아니 나도 스물세 살이야."

어, 깜짝이야. 동갑이라고? 당연히 자신보다 어릴 거라고 생각해서 말한 건데 동갑이었다니. 이거야말로 반전이다. 아무튼, 꽤 괜찮았다. 처음에야 해준만 깨끗하고 선량해 보이는 일을 한다는 불만도 있었지만, 지금은 납득했다. 누군가는 해야 할 일이라면 해준은 거기에 적합한 사람이었다. 해준은 해준의 일을, 다온은 다온의 일을 계속한다면 무언가 바뀔 거야.

……바뀌겠지?

7.
불행한 강중혁

해준과의 만남이 있고 나서 다온은 집으로 돌아오자마자 책을 펼쳐 들었다. 어쩐지 의욕이 앞섰다. 마침 숫자도 딱 맞게 10. 의욕을 더욱 불태워주는 숫자다. 다온은 숫자 10에 손을 올려두고 주변 광경이 바뀌는 걸 지켜봤다. 이제는 울렁거리는 풍경 때문에 눈을 꾹 감던 시기는 지났다.

어디 보자. 이번엔 좁고 평범한 아파트였다. 한때 혁신적인 인테리어 컬러였던 옥색으로 도배된 집이었다. 다온은 거실에서 옥색 몰딩, 옥색 방문, 옥색 싱크대를 바라보며 잠깐 한눈을 팔았다.

그러다가 이내 누군가가 현관문을 두드리는 소리가 집 안을 가득 채우자 깜짝 놀라서 그쪽을 쳐다보았다. 곧 푸른빛으로 빛나는 한 중년 남성이 러닝셔츠 차림으로 소파에서 천천히 몸을 일으키며 현관문으로 가는 게 보였다.

– 뭐야!

남성은 바로 문을 열지 않고 문에 뚫린 작은 구멍으로 밖을 잠시 살피다가 험하게 욕을 내뱉었다.

– 우라질 년들! 여기까지 쫓아와?

거친 욕에 다온의 이마가 약간 찌그러졌지만 금방 펴졌다. 푸른빛의 저 남자가 피해자인 거지? 문밖의 저 사람들에게 무슨 일을 당하는 걸까? 곧 어떤 일이 벌어질지도 모른다는 긴장감과 피해자에 대한 안타까움에 다온의 얼굴이 굳어졌다.

끼익! 남자는 문밖의 사람들을 확인하자 망설임 없이 문을 벌컥 열었다. 조심스러움 없는 태도에 다온이 한숨을 내쉬었다. 바깥의 사람들이 무슨 짓을 할지 알고…….

그러나 문밖의 사람들을 보자 다온은 움찔하고 말았다. 딱 봐도 알 수 있었다. 그들은 모녀였다. 똑 닮은 얼굴을 한 중년과 청년의 여자는, 아주 간절한 얼굴로 문이 열리기를 기다리고 있었다.

– 아저씨! 아저씨! 우리 돈 내놔요! 우리 돈 줘요!

푸른빛의 남자를 보자마자 젊은 여자가 중년의 여자를 보호하듯 앞으로 나서서 대뜸 큰 소리로 소리쳤다.

– 시끄러워! 이게 어디서 소란이야! 여기는 어떻게 안 거야!

자꾸 이런 식으로 나 쫓아다니면 신고할 거야, 너네!

– 신고? 신고! 기가 막혀서! 내가 신고해야지! 내 돈 다 가지고 도망갔으면서 누가 누굴 신고해!

중년 여성이 대번에 앞으로 나서서 아파트 복도를 쩌렁쩌렁 울리며 소리쳤다.

– 이 여편네가!

그 소란 한가운데서 다온은 난감한 표정을 했다.

"이게 무슨 일이람?"

예상과는 퍽 다른 방향으로 일이 흘러가기 시작했다. 서로 엉켜서 마구잡이로 삿대질하고 소리 높여 싸우는 꼴이, 제가 보이지 않는 것을 알면서도 어떻게든 중간에서 말리고 싶은 정도였다.

– 아이, 시끄러워! 거기 좀 조용히 좀 합시다! 네?

결국 그들을 조용히 시킨 것은 아파트 이웃들이었다. 아파트 주민들이 한둘씩 나와서 씩씩거리며 한 소리 하자 남자가 인상을 찌푸리며 입을 다물었다. 그러더니 여자들에게 저리 가라는 듯 손짓하고 문을 닫고 집 안으로 사라지려 했다.

젊은 여자는 재빨리 발을 문틈으로 넣어 문이 닫히지 않도록 했다. 그러고는 다시 한번 큰 소리로 소리를 질렀다.

이대로 못 들어가지! 나들 아세요? 이 사람 사기꾼이에요!

저희 돈 다 들고 여기로 튀었다고요!

　－ 이 새끼가!

　남자의 얼굴이 푸른빛을 뚫고 나올 정도로 벌겋게 변해버렸다. 그러면서도 남들 눈이 두려운지 온몸을 부들부들 떨기만 했다. 그 틈에 젊은 여자가 재빨리 집 안으로 들어와 버렸다.

　－ 아이구 진영아!

　그 저돌적인 행동에는 중년의 여자도 놀란 듯 젊은 여자의 이름을 부르며 덩달아 따라 들어왔다.

　－ 허! 좋아, 그래! 니들이 니들 발로 내 집 안에 들어왔다, 이거지. 두고 보자, 이것들아.

　쾅! 문을 닫은 남자가 험악한 목소리로 이리저리 방 안을 둘러보며 위협적으로 굴었다.

　다온은 초조한 눈빛으로 붉은빛을 띠는 여성들을 쳐다보았다. 그들은 다온보다 몇 배는 더 초조한 얼굴이었다. 얼떨결에 집 안으로 들어왔지만 저들도 이 상황이 부담스러운 것 같았다.

　이러다 정말 큰일 날 것 같았다. 당장이라도 저 남자가 여자들을……! 아니 잠깐, 여전히 피해자는 저 남자였다. 무언가 이상했다.

　그때 초조함을 떨치려는 듯 진영이라 불린 젊은 여자가 남자 앞을 막아서며 말했다.

– 우리 엄마랑 결혼할 거라며! 평생 행복하게 해주겠다며! 그러면서 돈만 쏠랑 챙기고 도망가?

진영이 씩씩거렸다.

– 돈 당장 돌려줘! 아니면 진짜 영영 이렇게 쫓아다니면서 소문 낼 거야!

퍽. 보는 눈이 없자 남자는 망설이지 않았다. 바로 두꺼운 손으로 여자를 쓰러트려 버렸다.

– 진영아! 진영아!

제 딸이 남자에게 맞는 걸 눈앞에서 목격한 어머니가 무너지듯 쓰러졌다. 그러나 곧 이를 악물고 일어나 남자에게 다가가 주먹으로 남자를 마구 때리기 시작했다.

– 네가 뭔데 내 딸을 때려! 네가 뭔데!

남자는 가차 없었다.

퍽 소리가 몇 번 더 오가고 이번에는 중년의 여자가 바닥을 뒹굴기 시작했다. 이미 쓰러진 여자에게 가혹한 폭력이 재차 행해졌다.

쾅! 그때였다. 제 엄마가 얻어맞는 걸 보고 소리도 못 지를 만큼 놀란 딸이 주변을 급하게 둘러보다 어떻게든 무기가 될 만할 걸 찾아 손에 쥐고 남자의 머리를 쳤다.

청소기였다. 그 무거운 길 손에 쥐고 남자의 머리에 몇 번이고 쾅, 쾅 내리친 진영은 남자가 이상한 소리를 내며 뒤집어지자 그제야 남자의 밑에서 제 엄마를 빼내 품에 안았다.

— 엄, 엄마, 흐엉…….

엉엉 소리를 내는 딸을 간신히 끌어안은 엄마가 떨리는 손으로 제 딸을 쓰다듬었다.

— 괜찮아, 괜찮아. 진영아.

다온은 마른침을 삼켰다. 온통 붉다. 푸른빛의 남자가 흘리는 피도, 여자들이 내뿜는 죄의 빛깔도 너무 붉어서 어지러웠다.

순식간에 장소가 바뀌었다. 다온은 장소가 바뀌자마자 여기가 어딘지 단숨에 알았다. 법정이었다. 다온에게는 꽤 익숙한 풍경에 몸이 잠깐 굳었다.

— ……따라서 피고인 이진영을 징역 2년 형에 처한다. 다만, 이 판결 확정일부터 1년간 위 형의 집행을 유예한다.

— 말도 안 돼!

방청석에서 푸른빛의 남자가 벌떡 일어나 소리를 질렀다. 동시에 또 다른 곳에서 울음이 터졌다.

붉은빛의 여자였다. 중년의 여자는 머리에 붕대를 감은 채로 피고인석에 앉아 있는 제 딸을 울면서 지켜보고 있었다.

— 다행이다. 다행이야.

그리고 또다시 장면 전환.

남자는 아까와는 비교도 안 되는 좁은 원룸에 있었다. 아주 더러운 원룸. 뭐 하나 정리된 게 없었고, 쓰레기통은 넘쳐서 쓰레기를 뱉고 있었다. 바닥에는 고지서들이 가득하고 그 위에 술병들이 굴러다녔다. 여기선 냄새를 맡을 수 없음에도 왠지 악취가 나는 것 같아 다온은 인상을 찌푸렸다.

– 미친 새끼들. 다 미쳤어. 사람 반병신으로 만들어놓고 집행유예? 사람 인생 이렇게 망쳐놓고 집행유예? 내가 뭘 잘못했어!

잘못했다. 다온이 바로 증인이었다. 다온은 헛웃음을 치며 눈앞의 남자를 노려보았다. 그러나 남자는 어둡고 좁은 방에서 하염없이 술을 마시며 욕지거리를 해댔다.

– 천벌 받을 것들. 애미고 딸이고 아주 천벌을 받아야 해!

다온은 아연해졌다. 아, 이래서 저 사람이 푸른빛이고 여자들이 붉은빛이었단 말이야?

객관적으로 저 사람은 심하게 다쳤지만 가해자들은 집행유예로 풀려났다. 그 상황이 반영되어 저 사람이 피해자로서 이 책에 등장한 것이다.

그렇지만 다온은 봤다. 저 남자가 얼마나 짐승처럼 여자들에게 폭력을 가했는지. 게다가 시작은 남자였다. 남자는 여자들에게 사기도 친 것 같았다. 그런데도 남자가 피해자라니……. 그래, 남자가 피해사라고 볼 수도 있겠지만, 그렇지만 다온은 도저히 납득이 가지 않았다.

"말도 안 돼……."

그렇게 중얼거리는 사이 또 주변이 변하고 다온의 시야에는 붉은 여자들이 낡은 집에서 다정하게 기대어 앉아 있는 것이 보였다. TV를 보면서도 둘이서 손을 꼭 잡고는 웃으며 서로에게 의지하고 있는데……. 이들에게 벌을 주라고? 대체 무슨 벌을?

다온은 결정하지 못하고 그곳을 빠져나왔다. 익숙한 집의 풍경이 보이자 힘이 절로 빠졌다. 하. 짧은 한숨이 허공을 맴돌다 사라졌다. 다온은 한참을 눈을 질끈 감고 있다가, 곧 핸드폰을 들어 이름을 검색했다.

〔이해준〕

역시나 기본 연결음이 들리고 이내 해준이 전화를 받았다.

"여보세요? 이다온 씨?"

이 와중에도 웃음이 픽 나왔다.

"응. 나야. 편하게 부르라고 했잖아. 해준아."

"어…… 응. 알겠어. 그런데 혹시 무슨 일 있어?"

다온은 기운 없는 목소리로 물었다. 사실 왜 자신이 해준에게 전화를 걸었는지 확신이 가지 않았다. 그저 마음속에 있는 것을 그대로 꺼내 물어볼 뿐이었다.

"있지, 너는…… 네가 보기엔 푸른빛의 사람이 흰빛의 사람을 행복하게 해준 것 같지 않은데도…… 그래도 푸른빛의 사람에게 축복을 해준 적이 있어?"

〔응. 있어.〕

산뜻한 대답이 들린다. 다온은 당황해서 말했다.

"기분이 좀 그렇지 않아? 네 기준에선 축복을 받을 만한 인물이 아닌데 축복을 해주는 거잖아."

〔그야, 흰빛의 사람이 행복하게 느꼈다면 그게 어떤 방식의 행복이든, 어떻게 이루어진 행복이든 의미 있다고 생각해.〕

"그럼 불행은?"

〔응?〕

"내가 보기엔 피해자, 그러니까 푸른빛의 사람이 붉은빛의 사람에게 몹쓸 짓을 했어. 피해자랑 가해자가 뒤바뀐 거야. 근데 실질적으로 피해를 입었는데도 붉은빛을 내뿜는다는 이유로 피해자들에게 도리어 처벌을 내려야 해. 너라면 어떻게 할 것 같아?"

〔글쎄……. 그래도 무언가 잘못했으니 그 책에 나온 거잖아. 나라면 최대한 약한 벌을 내릴 것 같아.〕

그런 방법도 있겠지. 그렇지만 다온은 아예 벌 자체를 내리고 싶지 않다. 다온이 해준의 대답에 만족스러워하지 않는다는 걸 알아챈 걸까. 해준이 이어서 말했다.

〔근데 그건 나였을 때의 일이잖아. 이건 네가 생각하고 네가 책임져야 하는 너의 일이니까.〕

다소 냉정하게 들릴 수 있는 말이지만 말투 자체는 따뜻했다.

〔그러니 네가 결정하는 거야. 그리고 너는 현명하게 잘할 거야. 내가 본 너는 따뜻하고 똑똑하니까.〕

다온은 귀가 간지러워 어깨가 움츠러들었다. 갑자기 이런 간지러운 얘기를 듣다니. 질색을 하며 끊어! 라고 외치다시피 말하고 통화를 끊었다.

"하여튼 타고났어……. 하는 말이 나랑 수준이 다르네."

다온은 꺼진 핸드폰을 내려다보며 중얼거렸다. 어쩐지 볼이 화끈해진 것 같았다. 다온은 볼을 문지르며 다시 붉은 책을 가지고 와 침대에 털썩 걸쳐 앉았다. 별거 아닌 대화지만, 어쩐지 답을 얻은 것 같았다.

다온이 생각하고, 다온이 책임져야 하는 일. 그렇다면 더욱더 붉은빛의 그들에게 벌을 내릴 수 없었다. 그들은 이미 돈을 빼앗겼고, 얻어맞았고, 비록 집행유예라고 하나 전과까지 생겼다. 현실의 무게로 버거울 그들에게 또다시 벌을 내리라니, 너무 잔인하다. 그러니 생각하고 또 생각해야 한다. 그들에게 피해가 가지 않는 방법이 무엇일지.

다온은 한참을 고민하다가 이내 마음을 정하고는 책을 펼쳐

10이라고 적힌 페이지에 손을 올렸다.

늘 그렇듯, 폭행 장면을 보는 것은 어렵다. 그게 방금 한 번 본 거라 해도 똑같다. 다온은 마지막 장면까지 꾹 참다가 둘이 함께여서 괜찮아 보이는 붉은빛의 이들에게 다가갔다. 그러고는 그들의 겹친 손에 자신의 손을 조심스럽게 올렸다. 물론 실제로는 감촉이나 온기 따위 느껴지지 않았지만, 어쩐지 아주 조금 손이 따뜻해지는 것 같기도 했다.

"두 사람이 평생 서로의 삶을 책임지고 신경 쓰며 살아야 하기를."

다온은 웃었다. 이들에게 보내는 응원이었다. 최대한 벌인 척 꾸며낸 것에 대한 민망함도 섞여 있었다. 어쨌든 바라는 건 명확했다. 모든 현실의 무거움을 뒤로하고도 그저 감옥에 가지 않아 다행이라며 서로의 손을 쓰다듬는 이들이 이대로 함께하기를.

그리고 다온은 현실로 돌아갔다. 잘한 걸까? 사실은 완벽하게 확신이 들지는 않았다. 그저 할 수 있는 최선을 다했다는 생각은 들었다. 그걸로 충분하지 않을까.

한 가지 일이 끝나자 고민이 물밀듯 밀려왔다. 이 책의 객관성에 대해서. 아니, 주관성이라고 해야 할까?

다온은 이제까지 이 책이 절대적이리고 생각했다. 푸른빛의 사람은 피해자고 붉은빛의 사람은 가해자라고. 그런데 선악의 기준이 지나치게 객관적이라면? 상황에 대한 맥락을 전혀 고려하지 않는다면? 그걸 '객관'이라고 말할 수나 있을까? 지금의 사법 시스템이랑 다를 게 뭐가 있단 말인가?

이제까지 다온이 내린 결정 중에 틀린 결정이 있을 수도 있었다. 엉뚱한 사람에게 잘못 벌을 내렸을 수도 있다는 뜻이었다. 다온은 단편적인 장면밖에 보지 못한다. 그러니 만약 푸른빛의 사람이 자신이 불행하다고 생각한 장면만 보고 붉은빛의 사람에게 벌을 내렸다면…….

갑자기 불안감이 몰려왔다. 다온은 크게 숨을 쉬고 익숙하게 책상 위의 약봉지에서 약을 꺼내 먹었다.

필요 이상의 불안감이라는 걸 알고 있다. 다온은 자신의 최선을 다했다. 애초에 이런 경우가 많지도 않을 테고. 앞으로 주의 깊게 살피면 된다. 그렇게 생각하면서도, 그 사실들을 모두 알면서도 손이 떨리고 부정적인 생각이 다온을 끊임없이 가라앉혔다.

"괜찮아. 약 먹었잖아. 괜찮아질 거야."

다온은 고통스럽게 양손으로 얼굴을 거칠게 쓸어내렸다. 그러다 문득 책을 내려다봤다.

침대 한쪽에 펼쳐져 있는 책은 10이라고 적힌 페이지가 붉게 물들어 있고…… 그리고 옆에 장이 금색으로 물들어 있다. 아무 숫자 없이.

"이건 또 뭐야?"

다온은 대번에 해준한테 전화해서 물어봤다. 혹시 금색의 페이지를 본 적이 있느냐고. 해준은 의아한 얼굴로 한 번도 본 적이 없다고 얘기해 줬다.

그럼 뭐지? 하필 딱 10페이지를 채우자마자 등장한 금색 페이지가 몹시 수상했다. 다온은 어깨를 으쓱했다.

일단은, 책에 손을 대보는 수밖에 없겠지?

어느새 우울한 생각이 날아간 다온은 스스로 대범해졌다는 생각을 하며 황금색 페이지에 손을 갖다 댔다.

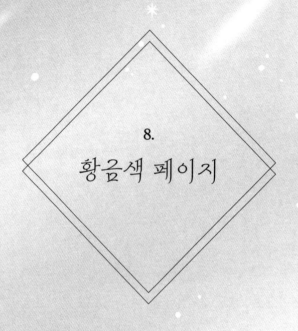

8.

황금색 페이지

다온은 침을 꿀꺽 삼키고는 황금색 페이지에 손을 올렸다.

　　화악! 순간 눈이 멀 듯한 빛이 뿜어져 나와, 다온은 반사적으로 "이게 뭐야!" 하고 소리를 지르며 눈을 감을 수밖에 없었다. 감은 두 눈 너머로 빛이 새어 들어오지 않을 때야 간신히 눈을 떴는데…….

　　변한 게 없다.

　　다온은 당황해서 주위를 둘러보았다. 깔끔한 흰색의 인테리어로 꾸며진 커다란 방. 평상시와 같은 자신의 방이었다. 무언가 큰일이라도 일어날 것처럼 굴어놓고는 아무 일도 없는 게 맥이 빠져 한숨과 함께 다온은 책상 위로 시선을 내려뜨렸다.

　　"어?"

　　다온은 다급히 책을 들어 주르륵 페이지를 넘겼다.

황금색 페이지가 사라졌다. 정확히는 황금색이었던 페이지가 언제 그랬냐는 듯 하얗게 변해버렸다. 그리고 그 뒷장에 자연스럽게 떠오른 11이라는 숫자.

'이게 진짜 뭐야!'

설마 그냥 빛 좀 내뿜고 끝인 거야? 맥이 절로 빠졌다. 약간 그런 걸 생각했는데. 왜 〈찰리의 초콜릿 공장〉에 나오는 골든 티켓이라든가, 그런 거.

다온은 문득 지금의 황당함을 누군가와 나누고 싶다는 생각이 들었다. 다온에게는 그럴 수 있는 사람이 둘 있었다. 해준과 연우.

다온은 핸드폰을 들고 잠시 망설였다. 그리고 결국 다온이 입력한 이름은…….

〔서연우〕

어쩌면 다온은 별것도 아닌 일을 핑계로 연우와 얘기를 하고 싶었던 걸지도 모른다. 물론 지금까지도 계속 연락은 했지만…… 그건 다소 공적인 연락이었다. 책에서 이런 사건이 나왔어, 이 사건 좀 공론화 시켜줘…… 따위의 것들. 문득 다온은 그런 것 말고 조금 더 소소한 얘기가 하고 싶었다.

어쩐지 다온은 좀 긴장한 상태로 손을 꿈지럭거리며 연우와 통화 연결이 되기를 기다렸다. 물론 오래 기다릴 필요는 없었다. 늘 그랬듯이.

"어, 다온아."

의례적인 '여보세요'조차 생략된 말이었다. 다온은 짧게 웃었다.

"이번엔 무슨 사건이었어? 내가 도와줄 거 있어?"

당연하게 다온이 사건과 관련해 도움받을 게 있어서 전화한 줄 아는 연우를 보고 조금 뜨끔했다. 굳이 말하면 이것도 책과 관련은 있지만…… 사건은 아니지 않은가. 다온은 좀 어색하게 말을 꺼냈다.

"아니, 그건 아니고. 음 만나서 얘기할래?"

연우와 다온이 톡이나 전화가 아니라 직접 만나서 얘기하는 건 꽤 오랜만이다. 연우 입장에서는 아마 이해할 수 없을 것이다. 원래 다온은 갑자기 만나는 것도 꺼리고 사건 관련 도움받을 때만 말을 거니까. 그런 다온에게 연우는 지금까지 어떤 의문이나 불만 한번 얘기한 적 없었다. 그랬으면서 만나자는 다온의 말에 하니까 기쁨이 확연히 느껴지는 목소리로 한 톤 높여 말했다.

"다온이 너희 집 근처 카페로 갈게. 카페 봄 거기. 가서 톡 할게."

다온은 통화를 끊고 조금 미묘한 기분에 휩싸였다. 연우는 다온으로 인해 불행하다고 생각하면서, 왜 제 말 한마디에 기뻐하는지.

'정말 나를 대하는 행동 아래에 깔린 게 오직 죄책감뿐인 거야?'

이런 생각 때문에 다온은 연우를 만나는 걸 꺼렸다. 이제까지 연우의 죄책감을 이용해 얻을 거 다 얻어먹은 주제에. 다온은 아주 이기적인 생각이라고 중얼거리며 연우와의 만남 장소로 갈 준비를 했다.

지금 따로 드라마나 영화를 찍고 있는 것이 없는 연우는 다온이 도착한 뒤 곧이어 카페에 들어섰다. 다온은 연우가 자리에 앉자 카페 테이블 위로 붉은 책을 올려놓았다. 일순간 실망한 듯한 연우의 얼굴이 보인다. 또 다온이 사건 얘기를 한다고 생각한 걸까? 도움을 청하러 왔다고.

다온은 일부러 책장을 빠르게 넘겨 빈 페이지를 보여주었다.

"신기한 일이 있어서 불렀어. 그냥 너랑 이걸로 얘기하고 싶어서."

다온은 조금은 머쓱하게 말했다. 곧장 연우의 눈이 커진다. 이내 눈을 슬쩍 접으며 웃는데, 퍽 안심한 얼굴이었다. 뭔지 몰라도 네가 괜찮으면 됐어. 그런 의미가 담긴 미소일 테다. 다온이 설령 연우를 불행하게 하는 가해자일지라도, 그 정도는 안다. 그만큼 오래 붙어 있었으니.

다온은 괜히 소리 내서 목을 가다듬고는 이어 말했다.

"10페이지까지 모두 처리하고 나니까 다음 페이지가 숫자 없이 금색으로 빛나는 거야. 그래서 거기에 손을 올렸거든? 그러니까 밝게 빛나고는 다시 흰 페이지로 돌아갔어."

연우는 진지한 기색으로 다온의 얘기를 경청했다. 손으로 턱을 괴고 고민하던 연우는 조심스럽게 말을 꺼냈다.

"어쨌든 페이지의 색이 변한 건 일이 처리됐다는 얘기 아닐까? 이제까지의 패턴으로 보면 말이야."

"그렇다면 무슨 일이 처리된 거지?"

다온은 자신이 알 수 없는 일이, 자신이 알 수 없는 곳에서 일어난다고 생각하니 오싹한 마음이 들어 연우에게 진지하게 물었다.

"음, 역시 보상 아냐?"

"나도 그 생각을 하긴 했어. 금색이니까! 그렇지만 아무 일도 안 생겼는걸."

"이제까지 처벌도 시간이 좀 걸리고는 했잖아. 보상도 마찬가지 아닐까?"

그건 그랬다. 화려한 금빛에 당장 무슨 일이라도 생기는 게 아닐까 생각했지만, 돌이켜 보면 이제까지 처벌도 조금의 시간을 두고 일어나거나, 다소 무작위로 처리되고는 했디.

"그럼 대체 어떤 보상을 줄까?"

생각하기로는 다소 추상적인 보상일 것 같았다. 행복하게 만들어준 사람에게 내리는 축복도 추상적이니까. 그리고 애초에 이런 비현실적이고 신기한 물건의 보상이라는 게 돈 같은 직접적인 물건일 것 같지는 않았다.

아. 축복 하니까 아직 연우에게 해준에 대해 말하지 못했다는 게 생각났다. 해준에 대해 떠올리면, 그가 다온에게 준 축복의 내용에 대해 말해야 하고, 그러다 보면 스스로에게 내린 처벌이 생각났기 때문이다.

그렇지만 언제까지 얘기하지 않을 수는 없지. 다온은 자신의 일을 같이 진지하게 고민해 주는 연우에게 천천히 해준에 대해서 이야기했다. 다온과는 정반대의 책을 가진 사람이 있다는 얘기를.

"각자에게 잘 어울리는 책이네."

처음엔 전혀 다른 얘기를 꺼낸 다온을 어리둥절하게 쳐다보던 연우는 다온의 이야기를 다 듣자마자 감상을 내놓았다.

"너도 그렇게 생각해?"

다온은 조금 울컥해서 말했다. 알고 있다고, 자신 같은 성격은 축복 같은 거랑은 거리가 멀다는걸. 그렇게 대꾸할 생각이었다.

"응. 넌 정의로우니까. 가해자들에게 벌을 주는 게 잘 어울리잖아."

다온은 그 말에 조금 목이 막혔다. 정의롭다니. 너무나 낯선 말이다. 다온은…… 그냥 이기적인 사람일 뿐이다. 정의와는 조금도 가깝지 않다. "아니야." 하는 목소리는 다소 힘없게 나갔다. 그래서 그 목소리를 덮는 연우의 목소리가 더욱 단단하게 들렸다.

"아냐. 맞아. 그 누구도 너보다 이 일을 열심히 할 수는 없을 거야. 심지어 넌 보상이 있는 줄도 몰랐잖아."

다온은 아무 말도 못 했다. 그런 그에게 연우는 극히 따뜻한 목소리로 말했다. 아마 이 세상의 빙하는 모조리 녹일 수 있을 만한 따뜻한 울림을 가진 목소리였다.

"나는 그 이해준이라는 사람보다 네가 훨씬 대단해 보여."

다온으로 인해 불행해진 사람의, 진심일지 아닐지 모르는 말이었다. 중요한 건 그 말에 다온의 심장이 울렁거렸다는 거였다. 그거면 됐다.

그 이후로 연우와 다온은 사소한 얘기를 나눴다. 별거 없는 얘기들이지만 연우는 다온과 일상 얘기를 하며 기분이 좋아 보였고, 같이 대화하는 사람이 기분이 좋아 보이니 당연히 다온의 기분도 좋아졌다. 어쩌면 둘 다 그런 척하는 것일지도 모르겠지만.

다온은 큰 성과는 없었던 연우와의 대화를 마치고 카페를 나왔다. 다온이 나오기 쉽도록 카페 문을 잡아주고 있던 연우는 당연하다는 듯 데려다주겠다고 말했다.

"바로 코앞인데 무슨."

"그사이에 무슨 일이 생길지도 모르잖아. 같이 가자. 나는 차로 돌아가면 되니까."

다온은 걸어서 2분밖에 안 걸리는 거리를 연우와 조용히 걸었다. 연우에게 진짜 하고 싶은 많은 말들은 모두 속으로 삼킨 채로. 결국 황금색 페이지는 백지로 바뀌어 앞으로 어떻게 될지 모르는 상태로 남았다. 다온과 연우의 사이가 그렇듯이.

다온은 다시 일상으로 돌아가 붉은색 책의 11페이지를 펼쳤다. 다온에겐 이제 이것이 새로운 일상이었다.

이번엔 과연 무슨 이야기가 들어있을까? 다온은 조금은 겁을 먹은 채로 조심스럽게 손을 올렸다. 다온이 감당할 수 있는 이야기만 펼쳐지기를 바라며.

그리고 다온은 발을 디디고 서 있는 장소가 바뀌자마자 바로 푸른빛에 휩싸인 여자를 알아보았다.

"정은이?"

김정은. 중학교부터 다온의 옆에 있었던 오래된 친구. 그러나 진심까지는 나누지 않는 친구였다. 아마 정은은 다온이 우울증 환자인 것도 모를 것이다. 그 사건은 알고 있으니 어쩌면 어렴풋이 짐작할 수도 있겠지만, 그렇다 해도 굳이 말을 꺼내진 않을 것이다. 정은은 사려 깊은 친구니까. 그런 정은이 다온이 가진 책의 피해자로 등장했다.

다온은 가해자가 누구든지 아주 과대한 처벌을 내리겠다며 잔뜩 벼르고 섰다. 어쨌든 다온의 친구니까. 그러나 다온은 곧 등장한 가해자, 그러니까 붉은빛에 감싸인 여자를 보고 할 말을 잃고 말았다.

그는 침대에 누워 있었다. 온갖 기계를 몸에 휘감은 채로.

다온은 저 사람을 알고 있었다. 정은은 다온과 달리 속 얘기를 선뜻 자신의 친구에게 터놓았으니까.

정은의 언니. 10년째 코마 상태에 빠져 있다고 했다.

어쩌면 뻔한 얘기였다. 집안에 중환자가 있다면 으레 겪을 만한, 그러나 다온은 겪어보지 못해서 실감하지 못하는 그런 고통 섞인 이야기. 정은의 어머니도, 아버지도, 정은도 집안에 중환자가 있다는 사실만으로 병들고 있었고, 집안의 재정 상태는 점점 어려워졌다. 정은은 자신이 중심이 될 수 없는 가정에서도 씩씩하게 성장했지만, 때때로 혼자 병원에 와, 언니를 보며 가만히 서 있곤 했다.

'김정은, 너는 지금 무슨 생각을 하고 있어?'

다온은 정은의 어깨를 쓰다듬으려 했지만, 이전과 마찬가지로 몸을 그대로 관통할 뿐이었다. 다온은 아무것도 담기지 않은 자신의 손을 빤히 쳐다보았다.

오늘도 병원에 와서 언니 앞에 가만히 서 있던 정은이 운다. 고개를 푹 숙인 채. 환자 침대에 검은색 점들이 번지기 시작했다.

– 언니만 아니었으면…….

그러나 정은은 바로 고개를 흔들었다.

– 아니야. 아니야, 언니. 내가 미안해. 그냥 일어나기만 해. 미안해, 미안해…….

죄책감을 가득 담고 황급하게 말하는 정은을 보면서, 다온은 자신이 대체 정은의 언니에게 어떻게, 무슨 벌을 줄 수 있을지 생각했다.

결국 다온은 아무것도 하지 못한 채 공간을 빠져나왔다. 그러고서는 괜히 정은에게 전화를 걸었다. 지금처럼 복잡한 마음으로 정은에게 전화하면 안 된다는 걸 알면서도.

"어, 다온아 웬일?"

"그냥, 갑자기 너랑 통화하고 싶어서."

핸드폰 너머로 정은의 시원한 웃음소리가 들린다. 다온은 정은과 시답지 않은 얘기를 하며 시간을 끌다가 점점 진지한 분위기를 조성했다.

"그런데 너희 언니는…… 요즘도 여전하셔?"

"뭐, 다를 게 있겠어. 그냥 그 자리에 가만히 있지."

완전히 체념한 말투다. 생명체라고도 인식하지 않는 느낌. 정은에게 언니란 그런 존재가 되어버린 걸까.

다온은 눈을 감았다. 안 되겠다. 아무리 생각해도 다온이 해 줄 수 있는 게 없었다. 속이 답답해졌다. 마구 소리치고 싶었다. 내가 해결할 수 없는 일을 왜 쥐어주냐고, 감당할 수 있는 일만 달라고 떼를 쓰고 싶어졌다.

다온은 속으로 올라오는 감정을 모두 삼킨 채 말했다.

"언니, 꼭 일어날 거야. 그렇게 되길 바랄게."

진심을 담은 말이다. 내밀한 가정 이야기를 살펴본 탓에 감정 이입은 어쩔 수 없었다.

그때였다.

순간 금색 빛이 온 방 안에 번쩍거렸다. 다온은 순간적으로 눈을 꽉 감았다가 놀라서 바로 눈을 떴다. 어느새 흔적도 없이 사라진 빛이지만, 분명히 이 빛은 금색 페이지에서 뿜어져 나왔던 빛이다.

'이게 갑자기 왜 지금?'

"고마워. 정말로. 나도 그렇게 믿어."

그렇게 믿는다면서도 힘이 빠진 정은의 인사와 함께 다온은 황급하게 통화를 끝냈다. 이게 무슨 일인지 도대체 알 수가 없었다. 다온은 재빨리 앉아 있던 침대에서 벗어나 책상으로 뛰어갔다. 그러고는 항상 그 자리에 올려놓는 붉은 책을 펼쳐보았다.

그리고 멍하게 중얼거렸다.

"11이 없어."

금색이었던 페이지에 이어 또다시 백지로 변해 있었다.

다온은 갈피를 잃은 손으로 앞 페이지며, 뒤 페이지며 마구잡이로 뒤적거렸지만 결과는 같았다. 11이라고 적힌 숫자는 온데간데없이 사라지고, 12라고 적힌 페이지만 새로 생겼을 뿐이다.

"이게 뭐야?"

그때였다. 지이잉거리는 진동 소리가 요란하게 울렸다. 다온은 누가 전화했는지 확인도 못 한 채 얼떨결에 전화를 받아서 귀에 댔다.

"다온아! 정말 네 덕분인가 봐!"

"뭐?"

갑자기 들리는 정은의 목소리에 다온이 어리둥절하게 반문

할 때, 환희에 가득 찬 정은의 말이 쏟아졌다.

"우리 언니, 깨어났대!"

다온은 문득 붉은 책을 내려다보았다. 아, 이게 그 보상이다. 눈치채는 것은 빨랐다. 이런 식으로 발동되다니. 이럴 줄 알았으면 복권이나 당첨되게 해달라고 할걸. 속으로 그런 생각을 하면서도 다온은 제 얼굴에 퍼진 웃음을 눈치챘다.

정은은 잔뜩 횡설수설하더니 급하게 전화를 끊으며 말했다.

"이제 병원에 가보려고! 나 진짜 너무 행복해!"

'아, 그렇구나. 너는 더 이상 불행하지 않구나.'

그래서 이 페이지에서 삭제된 거야. 자신이 처벌을 내리기도 전에 불행한 상태에서 벗어났으니까. 언니 때문에 불행해졌다고 생각했으면서 언니가 깨어나자마자 순식간에 불행이 물러간 걸 보면 너는 언니를 정말 좋아하는구나.

다온은 웃었다. 계속 미소가 피어났다.

9.
불행한 장현우

다온은 연우와 같이 정은의 언니, 김정인의 병실로 병문안을 갔다. 정은은 과거의 일 때문에 아직도 연우를 별로 좋아하지 않지만, 기분이 좋아서인지 선뜻 같이 오라고 말해주었다.

연우는 무슨 상견례라도 가는 것처럼 잔뜩 긴장해서는 꽃이며 과일 바구니며 한가득 들고 왔다. 정은이 연우를 싫어하는 만큼 연우도 정은을 불편해하는 터라, 병실에서 넷이 모였을 때는 정말 숨 막히는 분위기였다.

"깨어나신 걸 축하드려요, 언니! 전 정은이 중학교 때부터 친구예요!"

다온은 연우가 잔뜩 가지고 온 선물들을 정은에게 어색하게 넘기는 걸 모른 체하며 정인에게 살갑게 인사했다. 책 속 공간에서 봤을 때와 달리 정인의 몸에 꽂힌 호스 개수는 확실히 줄

었지만, 여전히 힘이 없는지 하얀 얼굴에 희미한 미소만을 띠고 있었다. 정인이 영 기력이 없는 것 같아 다온은 축하 인사를 몇 번 더 건네고는 금세 병실에서 나갈 준비를 했다.

"정은아."

"응?"

다온은 나가기 직전, 정은을 불렀다. 정은이 의아한 얼굴로 다온을 쳐다보는 순간 그대로 정은을 강하게 껴안았다.

"잘됐다. 잘됐어, 정말로. 네가 너무 고생했어."

그렇게 귓가에 속삭였다. 곧 몸을 떼어낸 다온의 눈에 붉게 충혈된 눈의 정은이가 보인다.

"고마워."

목이 메인 듯 그렇게 말하는 목소리는 거칠었지만 또렷했다.

다온은 병원을 나오면서 연우에게 차분히 정은의 이야기를 들려주었다. 황금색 페이지가 준 선물도.

"잘했어. 다온아."

연우는 어느새 차에 타서까지 이어진 얘기를 끝까지 듣고는, 그렇게 말했다.

"정말 너답게 잘 쓴 것 같아."

"그래? 정작 나는 좀 아쉬운데? 20페이지 지나고 또 황금 페이지 나오면 이번엔 진짜 복권 당첨되게 해달라고 빌 거야!"

다온은 허세를 부리며 부러 아무렇지 않은 척했다. 연우가 칭찬하는 게 꽤 부끄러웠기 때문이다. 조금은 뿌듯하기도 하고……. 다온은 어쩌면 자신이 연우에게 칭찬을 받기 위해 정은의 얘기를 꺼낸 거 같다는 생각도 들었다.

다온은 꽤 기분이 들떠서 연우네 집에서 자고 가기로 했다. 연우가 있는 데서 또 다른 페이지를 펼치고, 연우와 함께 그 얘기를 나누고 싶었기 때문이다.

이내 도착한 연우네 아파트는 언제 봐도 정말 근사했다. 드넓은 거실에, 3면을 채우는 통창, 높은 층고의 천장에는 실링팬까지 달려 있어 무슨 저택을 보는 듯했다. 게다가 깔끔한 흰색 바탕에 화려한 금색 포인트를 준 가구들을 보면 다온이 여기 놀러 오는 게 황송하게 느껴질 정도였다.

물론 연우는 다온이 사는 집도 자기네 집처럼 화려하게 마련해 주려고 했지만, 그걸 거절한 건 다온이었다. 아무리 그래도 이런 집을 공짜로 얻어서 사는 건 너무 부담스럽다. 아주 조금이지만 다온도 염치라는 게 있다. 그래서 이것보다는 조금 덜 화려한 집에서 공짜로 사는 중이다.

다온은 연우의 옷방에 마련되어 있는 옷 중에 가장 편한 옷을 익숙하게 골라 갈아입고는 붉은 책을 들고 거실 소파에 털썩하고 눕듯이 앉았다. 그러고는 연우가 다온을 위해 음료수며

디저트를 들고 오는 모습을 보며 느긋하게 책을 폈다.

"먹고 들어가지."

다온이 무슨 먼 길 가는 것처럼 음식을 챙겨주려는 연우를 보며 기가 차서 웃음을 터트렸다.

"음료수가 식기 전에 돌아온다."

다온은 명언을 패러디하며 멋진 척하고는 12페이지 위에 손을 올렸다. 울렁거리는 시야 너머로 웃음을 터트리는 연우의 얼굴이 보였다. 그리고 세상은 급변했다.

끼이이익, 쾅!

다온은 순식간에 귀를 찢는 소리가 들린 탓에 몸을 움츠리고 귀를 막았다. 방금 다온이 어디서 뭐를 하고 있었는지 잊어버릴 정도의 강력한 소음이었다. 거대한 소리에 이어 사람들의 비명이 난무하자 더 정신을 차릴 수가 없었다. 그래도 어떻게 고개를 들어 사방을 둘러보자 끔찍하게 파손되어 연기를 내뿜고 있는 흰 자동차가 보였다.

그곳에서 피어나는 푸른빛도.

다온은 재빨리 자동차로 뛰어갔는데, 차 안의 사람을 발견한 것이 다행히 다온만은 아닌 모양이었다. 다온과 함께 대여섯 명의 사람들이 자동차로 뛰었다. 사람들은 차에서 연기가 나오는데도 불구하고 자동차의 창문을 깨, 운전석의 사람을 구하려고 했다. 운전석의 사람, 그러니까 푸른빛을 띠는 남자는 사람들에 의해 창문으로 간신히 빠져 나왔다. 이미 정신을 잃은 듯 몸이 축 늘어진 모습이었다.

그때 그를 도와주던 사람 중 한 명이 소리쳤다.

– 안에 애기도 있어요!

– 어!

– 어떡해!

사람들이 비명을 지르며 반대쪽으로 달려가 그쪽 창문을 깨고 아기를 구출하려고 했으나, 아기는 카시트에 메여 있었고, 깨진 창문 안으로 손을 넣어 카시트를 푸는 건 어려웠다.

결국 누군가 외쳤다.

– 이러다 차 폭발할 것 같아요! 피해요, 피해!

절망이 섞인 눈빛으로 사람들이 황급히 물러나고, 잠깐의 고요가 지난 다음에, 펑!

정말로 차가 폭발해 버렸다. 사람들의 비명이 하늘을 수놓았다. 다온은 끔찍함에 눈을 꾹 감고 말았다. 아기가 있었는데. 기절한 듯 눈을 꼭 감고 있던 아기가. 어쩌면 구할 수도 있었을 것 같은데……. 자꾸 아기의 모습이 어른거려 눈을 뜨기가 힘들다.

그러다가 다온은 번쩍 고개를 들었다. 눈이 흉흉하게 빛이

났다.

'가해자는 누구지?'

다온은 쓰러져 있는 푸른빛의 남자를 지나쳐 주변을 둘러보
다 사람들이 어느 자동차를 둘러싸고 문을 두드려대는 것을 보
았다.

– 나와! 나오라고!

다온은 그 사람들을 통과해 자동차 운전석 바로 앞에 섰다.
붉은빛의 남자가 보인다. 운전대를 잡고 고개를 푹 숙인 채 떨
고 있는 붉은 남자. 그는 경찰이 요란한 사이렌 소리를 울리며
도착할 때까지 결코 내리지 않았다. 다온은 그 이유를 경찰이
운전자를 끌어내고 나서야 알았다.

– 어우. 술 냄새. 술 얼마나 드셨어요?

그는 제 몸을 못 가눌 정도로 취해 있었던 것이다. 그의 붉은
얼굴은 빛 때문이 아니라 술 때문이었다. 울컥하는 분노가 터
져 마구 소리를 지르기 직전 장소가 바뀐다.

아주 낯설지는 않은 장소다. 엄중한 분위기. 그러나 또 적막
하지만은 않은 공간, 법정이었다. 그저 평범한 교수님 같은 판
사가 판결을 내린다. 그리 엄하지도, 가볍지도 않은 목소리다.
이를테면 사무적인 의사 같은 목소리.

– ……집행을 3년간 유예할 것을 선고한다.

집행유예.

그 말이 떨어지자마자 마치 연극처럼 객석에서 한 남자가 일어나 울부짖었다.

－우리 딸이 죽었습니다! 두 살배기 애가 죽었단 말입니다!

두 살짜리 아이를 잃은 아버지는 무대에 오를 자격조차 얻지 못해 객석에서 울부짖다가, 판사의 "정숙해 주십시오."라는 말과 함께 객석에서조차 추방되었다. 판사의 대사는 아까보다 더욱 엄중하게 들렸다.

다온은 법원 경찰의 안내에 따라 처절하게 울면서도 비척거리며 밖으로 나가는 푸른빛의 남자를 쳐다보다가, 피고석에 앉은 붉은빛의 남자를 바라보았다. 그는 사고가 났을 때처럼 고개를 푹 숙이고 있었다. 얼굴을 한번 보고 싶었다. 당신은 지금 무슨 표정을 하고 있는가.

죄인이 고개를 든다. 그의 얼굴은 뜻밖에도 죄책감에 젖어 있었다. 얼굴 전체가 눈물범벅이 되어 입술을 꾹 눌러 울음소리를 참고 있었다.

역겨웠다.

그의 기만적인 모습보다도 한순간 "아, 이 사람도 안쓰럽긴 하지……."라고 생각해 버린 스스로가 너무 역겨웠다. 어째서 이렇게 겉으로 보이는 모습에 약할까. 본질이 중요하다는 것을 알면서도.

　그는 술에 취해 두 살짜리 아이를 아버지에게서 앗아간 범죄자고, 아이를 빼앗긴 아버지는 이곳에서 제대로 된 항의조차 하지 못했다. 법정에서 눈물을 흘릴 자격조차 얻지 못했다.

　다온은 주먹을 꽉 쥐고 범죄자에게 갔다. 다온이 내릴 수 있는 벌은 한 가지뿐이다.

　"뺑소니 차에 치여 죽을 만큼 고통스럽기를."

　당신은 가해자를 법정에 세울 기회조차 얻지 못할 것이다. 당신을 고통스럽게 한 자는 집행유예라는 벌조차 받지 않겠지. 그런 당신을 보며 당신의 가족은 괴로워할 것이다. 당신의 어머니, 혹은 아버지, 혹은 또 다른 가족들……. 그것이 당신이 받을 벌이다.

　어쩐지 아이 잃은 아버지의 울음소리가 여기까지 들리는 듯해 다온은 눈을 꾹 감았다.

　"나가게 해줘."

　그렇게 말하는 다온의 음성이 조금 젖어 있었다. 다온은 창을 통해 쏟아지는 햇빛을 느끼며 눈을 떴다. 파르르 눈썹이 떨린다.

　"괜찮아?"

　아, 현실이다. 다온은 마치 숨이 막혀 있던 사람처럼 크게 숨을 토해냈다. 법정의 분위기는 정말로 적응되지 않는다. 어린 다온이 생각나서일 테다. 판사 앞에서 자기변호를 할 수 있는 아버지란 사람과 그런 그를 객석에 앉아 쳐다볼 수밖에 없었던 어린 중학생 말이다.

다온은 연우를 보며 말했다.

"이번에는 음주운전 차에 두 살짜리 아이를 잃은 아버지였어."

연우는 구태여 가해자에게 무슨 벌을 내렸는지 물어보지 않았다. 대신 다른 걸 물어보았을 뿐이다.

"우리가 무슨 일을 할 수 있을까?"

다온은 그 말에 놀라 고개를 번쩍 들고 연우를 쳐다보았다.

'우리.'

그 말이 너무 생경했다. 다온은 이 일을 그저 자신의 일이라고만 생각했는데, 아니 그런 걸 떠나 연우의 이런 적극적인 모습이 너무 오랜만이었다. 다온이랑 관련된 일이 아니면 기본적으로 지극히 무심한 편인데……. 사건 관련된 일도 다온이 해달라는 대로만 하던 이라 이렇게 나서려고 할 줄 몰랐다. 연우도 다온과 함께 붉은 책의 이야기들을 겪으면서 뭔가 변한 걸까? 그렇다면 다온도, 변한 게 있을까?

다온은 연우를 보며 말했다.

"찾아보자. 우리가 할 수 있는 것."

확실한 건 이전과 달리 그저 공론화에서 그치고 싶지 않다는 것이다. 피해자를 위해서 무언가를 해주고 싶었다. 그저 동정심에 불과한 마음일지라도. 다온은 푸른빛의 남자와 관련된 기사를 찾아봤다. 음주운전으로 인한 사망 사건이 너무 많아서 찾기 어려웠지만, 한 기사에서 남자의 이야기를 볼 수 있었다.

미혼부였고 그 아이 말고 일곱 살짜리 아들도 있으며, 유치원에 있던 아들을 데리러 가는 길에 사고를 당했다고, 그 사고로 다리에 상처를 입어 원래 하던 택배 배달일을 할 수 없게 되었다고 했다. 순식간에 너무 많은 걸 잃어버렸는데 아들 때문에 죽지도 못한다며…… 그 남자, 장현우가 절절하게 말했을 내용은 건조함을 입은 문장으로 다온에게 다가왔다.

다온은 망설이지 않고 그 기사를 쓴 기자에게 이메일로 연락하려고 했으나, 순간 멈추고 연우를 쳐다보았다.

"연우야, 네가 글 쓸래? 기자한테."

"나는 너처럼 글을 잘 쓰진 못하는데……."

딱 한 번을 제외하고는, 대부분 다온이 써주는 글을 옮겨 쓰기만 하던 연우는 잠시 난색을 표했지만, 어느새 다온의 옆에서 조금씩 글을 써 내려갔다. 다온은 거기에 의견만 보태었다. 둘은 기자에게 기사를 보고 피해자를 돕고 싶어졌다며 혹시 피해자와 대면하거나 혹은 기부 계좌라도 알 수 있는지 메일로 물어봤다.

기자는 다온이 연우의 집에서 하룻밤 머물고 나가기 직전에 답변 메일을 보냈다.

안녕하세요? 에시스 기자 이지영입니다. 본 기사에 관심을 가져 주셔서 감사합니다. 인터뷰한 장현우 씨가 여러분을 직접 뵙겠다는 의사를 표명하셨습니다. 장현우 씨의 의사에 따라 연락처를 알려드리겠습니다. 괜찮으시면 만나실 때 저도 동석해도 될까요?

둘은 기꺼이 그러겠다고 말했다. 장현우와의 만남은 빠르게 이루어졌다. 책에서 봤던 것보다 열 배는 초췌한 얼굴의 그는 기자인 것 같은 여성분의 부축을 받으며 약속 장소로 들어왔다. 선고가 이뤄진 게 2주 전이었으니 사고는 훨씬 전에 벌어졌을 것이다. 그러나 그는 조금도 괜찮아지지 않은 것처럼 보였다.

그는 한참 어린 다온과 연우에게 고개 숙여 인사했다.

"감사합니다. 연예인분들이 저를 도와주신다고 해서 정말로 놀랐습니다. 다른 곳에 제보해도 받아주는 곳이 별로 없었는데……."

정확히 말하자면 다온은 연예인이 아니있지만, 아부튼 둘은 굳어서 해명도 제대로 못 하고 허둥지둥거리며 인사를 받았다.

장현우는 초췌했지만 두 눈은 빛나고 있었다. 다온은 내심 놀랐다. 아이를 잃은 아버지라면 눈빛이 완전히 죽어버렸으리라, 멋대로 추측한 탓이다.

그는 다온과 연우에게 남은 아들을 위해서라도 적극적으로 도움을 받고 싶다며 기자와 함께 인터뷰도 진행했고, 계좌번호도 알려줬다. 대화가 얼추 마무리될 때쯤 다온은 고민하다가 말했다.

"저, 아저씨 혹시 괜찮으시면 직접 글을 써주실 수 있나요?"

기사를 읽으면서 느낀 것이다. 다온이 직접 본 것에 비해 기사 글로 느껴지는 사건은 어쩐지 마음에 덜 와닿았다. 다온은 사람들이 피해자의 글을 보기를 바랐다. 그리고 그가 하는 말을 들어줬으면 좋겠다고 생각했다. 법정에서는 미처 그러지 못했지만.

장현우는 조금도 망설이지 않고 그러겠다고 말했다. 다온과 연우는 장현우가 제 감정을 차분하게 글로 쓰는 것을 지켜봤다. 예쁘고 정갈한 글씨체는 아니었다. 그러나 어쩐지 마음에 콕 박히는 글씨였다.

다온이 천천히 장현우가 쓴 글을 읽어보았다.

저는 이제 남은 아이와 밖에 함께 나오지 못해요. 혹시 저와 나왔다가 또 사고가 날까 봐요. 외출도 제대로 못 하고, 동생을 잃어버린 줄도 잘 모르는 제 아들을 도와주십시오.

아무 사족 없이 그 기사와 함께 장현우가 직접 쓴 글을 사진으로 찍어서 연우의 SNS 계정에 올렸다. 반응은 빠르고 격했다. 이제까지 공유했던 십수 건의 사건보다 더 사람들은 공감했고, 분노했고, 안쓰러워했다.

기사와 장현우의 글에 쓰여 있던 계좌번호로 입금을 했다는 인증도 쏟아졌다. 그리고 올라오는 수많은 기사들. 어렵게 하나의 기사를 맨땅에서 발굴하듯 찾아야 했을 때와는 너무 달랐다.

연우의 영향력일까, 장현우가 직접 쓴 글의 영향력일까? 다온은 안타깝지만 전자의 힘이 훨씬 크다는 걸 알고 있다. 그래도 장현우 씨의 글이 아예 효과가 없지는 않을 거야. 그렇게 스스로 합리화하며 잘한 선택이었다고 되뇌었다. 그리고 한창 이 사건으로 정신이 없던 다온에게 뜻밖의 연락이 찾아왔다.

〔이해준〕

다온은 뜬금없이 핸드폰에 떠오른 이름에 의문을 표했다. 그 뒤로 따로 연락이 온 적은 없는데. 다온은 의아한 목소리로 전화를 받았다.

"다온아. 너희가 인별에 올린 장현우 씨 말이야. 혹시 그분이 그 책에 나왔어?"

웬일로 인사도 없이 바로 본론만 말하는 해준이 낯설었지만 다온은 순순히 대답했다.

"맞아. 내 책에 피해자로 나온 분이야."

핸드폰에서 깊은 한숨 소리가 들렸다.

"그분, 내 책에도 나오셨어."

"뭐?"

다온은 순간 상황 파악을 못 해 어리둥절했다. 붉은 책에 피해자로 나온 이가 해준의 책에도 나왔다니? 잠깐, 설마 행복한 사람으로 나온 건 아니겠지? 불행한 동시에 행복할 수는 없을 테니…….

"나 정말 당황스러운데……. 일단, 그 사람 행복한 사람이었어? 행복할 사람이었어?"

"푸른빛, 그러니까 행복할 사람이었어. 누군가를 행복하게 해준 사람 말이야."

아, 행복한 사람으로 나왔다는 말만큼이나 아이러니한 말이다. 행복할 사람이라니. 이미 아이를 잃은 아버지인데.

"해준아 그 사람, 언제 네 책에 나왔어?"

"연우 인별에 그분 글이 올라오기 직전에. 새 페이지가 뜨자마자 해결하러 들어갔었거든. 그런데 나오고 보니, 그분이 그런 사고를 당했다는 거야."

해준의 어투에는 황당함과 당황함 모두가 섞여 있었다. 하긴, 자신 같아도 기껏 누군가를 행복하게 해준 이에게 축복을 내려주고 왔는데 알고 보니 음주운전 차량에 사고를 당해서 딸을 잃은 후라는 걸 알게 되었다면…….

정말 막막했을 거다. 한편으로는 원망스러운 마음도 꽤 들었을 거라 짐작했다. 만약, 그 사건이 일어나기 전에 해준의 책에 장현우가 나왔다면, 축복 덕분에 사고를 당하지 않을 수도 있었을 텐데.

사실, 축복이란 게 거기서 거기일 게 아닌가. 나쁜 일 일어나지 않게 해주세요, 건강하게 해주세요, 그런 것들이겠지. 만약 그런 축복을 받았더라면……. 엇갈린 시기가 너무 원망스러웠다. 누군가를 원망하는지도 몰랐지만, 굳이 말하자면 아마도 이 책을 둘에게 준 누군가겠지.

다온은 안타까움이 가득 담긴 마음으로 잠시 침묵을 지키다가 해준에게 직접 만나서 얘기하자고 했다.

"응, 알겠어."

대답하는 해준의 목소리에 힘이 하나도 없다. 다온은 망설이다 해준에게 위로 한 조각을 건넸다.

"책 속에서 나오자마자 놀랐지? 괜찮아, 우리는 그냥 우리 할 일을 다 하면 돼."

그게 해준에게 위로가 되었을지는 모르겠지만, 해준은 다시 한번 "응."이라고 말하고는 전화를 끊었다.

다온은 해준이 사는 곳 근처 카페로 가기로 했다. 심란해서 카페에 잠깐 나와 있다고 하기에, 굳이 다른 데로 갈 필요 없이 거기에 있으라고 한 것이다. 혹시 몰라 붉은 책을 챙겨 들고 집을 나서는데, 순간 연우에게 연락을 해야 할지 말아야 할지 망설여졌다. 보통 웬만한 일은 서로 공유하는 데다, 먼 길을 갈 때면 거의 늘 연우가 자동차로 다온을 태워주었다. 기껏 다온에게 차도 사주고 운전면허 따는 것까지 지원해 줘놓고는.

다온은 망설이다가 혼자 집을 나섰다. 책을 가진 사람들끼리의 대화라, 연우가 있으면 괜히 소외될 것 같았다. 연우는 그런 걸 신경 쓰는 성격이 아니었지만, 다온이 신경 쓰였다. 그리고 언제까지 연우의 차를 얻어 타기도 좀 그랬고.

다온은 정말 오랜만에 오피스텔 지하 주차장에 주차되어 있던 자동차의 시동을 켜고 운전석에 앉았다. 조심스럽게 핸들을 잡는데 어쩐지 기분이 이상했다. 다온은 아주 천천히 차를 몰았다. 해준이 기다린다는 것은 알고 있었지만, 도저히 속도를 낼 수 없었다. 어쩌면 자신의 차에 누군가가 치일 수도 있겠지.

그렇게 생각하자 자꾸 핸들을 잡은 손에 힘이 들어갔다. 괜한 힘이 들어가면 더 위험하다는 걸 알면서도. 결국 다온은 한참을 걸려서 해준과의 약속 장소에 도착했다.

커다란 프랜차이즈 카페 문을 열고 들어가니 다른 세상처럼 시끌벅적했다. 다온은 그곳에서 한눈에 해준을 알아봤다. 굳이 다온뿐 아니라 다른 사람들도 힐끗, 힐끗 쳐다볼 정도로 여전히 눈에 띄는 외모였다. 다온은 곧장 해준에게 다가가서 맞은편 의자에 털썩 앉았다.

"안녕."

"안녕. 오랜만이야."

음료를 마시고 있던 해준은 갑자기 나타난 다온이 당황스러운 듯했지만, 이내 침착하게 인사를 받아주었다.

"나 일단 음료부터 주문하고 올게."

그렇게 말한 다온은 카페인이 없는 페퍼민트 티를 주문하고는 주문대 앞에서 기다렸다가 음료가 나오자마자 받아서 해준에게로 향했다. 이미 많이 기다렸을 해준을 더 기다리게 하고 싶지 않았다. 그런데 다온의 음료를 본 해준이 설핏 웃는다.

"너도 커피 못 마셔?"

"응? 어……. 나 카페인에 약하거든."

사실을 말하자면 우울증에 안 좋다는 커피, 술 등은 일절 안 마시는 거지만 그런 것까지 말할 필요는 없겠지.

"나도야. 둘 다 커피 못 마시는 것 보니까 신기하네."

다온은 해준의 얼굴을 자세히 들여다보았다. 하얗던 얼굴이 안 그래도 더욱 하얗게 질려 있고 연한 갈색 눈동자는 지치고 피곤한 기색이 역력했다. 그럼에도 불구하고 얼굴에는 차분한 미소를 띠고 있었다.

둘은 잠시 음료를 앞에 두고 침묵했다. 다온은 해준이 말을 먼저 꺼내기를 기다리고 있었고, 해준은 아마 무슨 말을 해야 할지 모르는 것 같았다. 입술이 몇 번 오물거렸지만, 제대로 된 말이 나온 건 한참 뒤였다.

"장현우 씨는 택배 기사 일을 하면서 한 20대 남자애를 알게 되었어."

그러고는 혼잣말처럼 "아마 20대가 맞을 거야. 더 많을 수도 있지만." 하고 덧붙였다.

"그 사람은 택배를 정말 자주 시켰는데, 택배가 도착했다고 문을 두드리면 안에서 뛰어오는 소리는 들리는데 문은 절대 열어주지 않았어. 그리고 계단을 내려갈 때면 조심스럽게 문을 여는 소리가 들렸지. 장현우 씨는 그런 그 사람이 신경 쓰였나 봐."

다온은 아주 생생하게 그 장면이 그려졌다. 자신 역시 때로는 우울증이 심해져 사람들을 만나는 게 무서웠으니까. 그럴 때면 오히려 자제를 못 하고 돈을 마구 써서 어떨 때는 열 개가 넘는 택배가 문 앞에 쌓이기도 했다.

그러고는 그 택배를 집에 들여놓지도 않았다. 그냥 핸드폰에 쉴 새 없이 울리는 〔택배가 도착했습니다.〕라는 문자를 보며 방치했을 뿐이다. 택배를 들여놓을 의욕조차 없었기 때문이다. 그러나 택배가 올 때마다 뛰어왔다던 그는 적어도 다온보다는 의욕이 있었나 보다. 어쩌면 대인기피증이었을 수도 있겠다고 생각했다.

"장현우 씨는 어느 날 점심으로 만두를 샀는데, 문득 그 사람이 생각났나 봐. 만두를 한 팩 더 사서 택배 위에 올려놓았어. 짧은 쪽지와 함께."

"무슨 쪽지였어?"

"'날씨가 좋아요.'"

다온은 말문이 막혔다. 그 따스함이 다온을 숨 막히게 만들었다. 만약 다온이 무기력증으로 스러져가던 때, 그런 쪽지를 받았으면 어땠을까. 아마 하염없이 울었겠지. 자신이 왜 우는지도 모른 채.

"그때 이후로 장현우 씨가 택배를 배달할 때마다 그 사람이 직접 나와서 받기 시작했어. 장현우 씨는 친절했고, 종종 짧은 사담을 나누기도 했어. 오늘은 배가 너무 고프네요, 오늘은 일이 적은 편이어서 빨리 퇴근할 수 있겠어요. 그런 것들."

그러고 나서 이해준은 입을 다물었다. 다온은 의아한 마음에 물었다.

"그리고?"

"이게 끝이야. 고작 이게 다인데, 그 사람은 행복함을 느낀 거야. 상대방이 행복해지길 원할 정도로."

다온은 잠시 말을 이을 수 없었다. 다온의 붉은 책에서는 언제나 거창한 사연이 들어 있었다. 증오, 원망. 그런 것들이 생겨나게 된 원인이 있었고, 과정이 있었다.

그러나 해준의 푸른 책은 달랐다. 이게 다야? 싶은 이야기였지만 그 안에서 행복함을 느끼는 이들이 있었다. 다온은 조금 목이 메었다.

"너는 무슨 축복을 내렸어? 장현우 씨에게?"

"앞으로 더 많은 사람을 행복하게 해달라고."

그렇게 대답하는 해준의 목소리에는 울음기가 섞여 있었다. 해준의 얼굴이 두 손에 푹 감싸여 보이지 않게 되었다.

"그러지 말걸. 그게 무슨 축복이야. 좀 더, 좀 더 나은 걸 빌걸."

다온은 고민하다가 해준의 어깨에 손을 올렸다.

"나는 괜찮은 선택이었다고 생각해. 이미 네가 어떤 선택을 하든, 그 일은 일어난 이후인걸. 어떤 축복으로도 아이를 잃은 걸 되돌릴 순 없잖아."

다소 잔인한 말일지라도 다온은 솔직하게 말했다. 때로는 후회와 상상이 진실보다 더 잔인하므로……. 차라리 진실이 도움이 될 때가 있다.

"장현우 씨는 아이가 하나 더 있어. 네가 그랬잖아. 더 많은 사람을 행복하게 해달라고. 그렇다면 장현우 씨의 다른 아이는 장현우 씨 덕에 행복해지지 않을까?"

해준은 두 손에 얼굴을 묻은 그 상태로 웅얼거리며 무어라고 말했지만 하나도 들리지 않았다.

"그리고 따뜻한 사람이잖아, 장현우 씨. 그분 덕에 사람들이 행복해진다면, 장현우 씨도 행복해질 거야. 정말 좋은 선택이었어."

다온은 연신 해준의 어깨를 토닥거렸다. 늘 차분해 보이던 이가 이러고 있으니 마음이 쓰였다. 게다가 더 나은 선택을 했더라면, 하는 후회는 다온이 질리도록 해봐서 알지만, 인생을 사는 데에 조금도 도움이 되지 않는다. 해준은 적어도 다온보다는 그걸 빨리 알았으면 좋겠다고 생각했다.

해준은 오랫동안 손에 얼굴을 파묻고 있었지만, 결국은 얼굴을 들고 다온을 향해 희미하게 웃어 보였다.

장현우의 사건은 대부분의 이슈가 그렇듯 잠깐 시끄럽고 곧 조용해지고 말았다.

"어?"

조용해진 줄 알았는데, 아직 아니었나 보다. 다온은 미소 지었다.

연우가 올린 글에 하나의 댓글이 달렸다. 〔저는 대인기피증 환자입니다.〕로 시작하는 글.

그리고 며칠 뒤 다온에게 연락이 왔다. 장현우였다.

"다온 씨 정말 감사합니다. 서연우 씨가 올려준 글과 그 청년이 올려준 글 덕분에 계좌에 정말로 많은 후원금이 들어왔어요."

"와, 진짜 다행이네요! 그렇지만 둘 다 제 덕이 아닌걸요."

정말이었다. 연우가 아니라 다온에게 전화한 게 의아할 정도였다.

"아니에요. 다온 씨가 정말로 적극적으로 나서줬다는 거 알고 있어요. 정말 감사합니다. 모인 돈은 생활비로도 쓰고, 그리고 얼마 정도는 기부도 할 예정이에요. 저 같은 음주운전 사고 피해자들을 위해서요."

다온은 있는 힘껏 장현우의 선택을 응원해 줬다. 장현우로 인해 사람들이 행복해지길, 그리하여 장현우도 결국 행복해지기를 바랐다.

얼마 후 음주운전 가해자가 뺑소니 차량에 두 다리를 잃었다는 소식을 들었다. 기사가 우수수 떴고, 그 기사 댓글에는 누구 하나 안타까워하는 사람이 없었다. 며칠을 기다려도 가해 차량이 붙잡혔다는 소식도 들리지 않았다. 그가 얼마나 불행할지는 모르지만, 적어도 평생 운전은 다시 못할 것이다.

장현우의 마음이 조금 나아졌을까? 모를 일이다. 더 이상 장현우와 연락하지 않기 때문이다.

다온은 최선의 선택을 한다. 그 결과가 정말로 사람들에게 도움이 될지는 모르는 일이다. 그저 바랄 뿐이다.

제 선택이 그 사람에게 도움이 되게 해주세요.

그렇게.

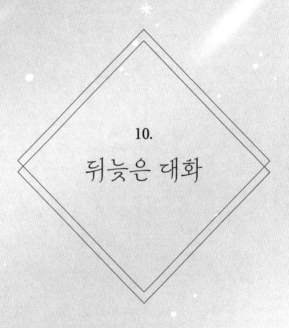

10.
뒤늦은 대화

다온은 핸드폰을 뚫어져라 보고 있었다. 열한 자리 숫자를 입력해 놓고 통화 버튼에 손이 가지 않아 10분째 시간을 허공에 날리고 있는 중이다. 다온은 가볍게 한숨을 쉬고 결국 통화 버튼에 손을 댔다. 신호음은 짧았다. 상대방은 다온이 마음을 정돈할 틈을 주지 않고 빠르게 전화를 받았다.

"응. 다온아."

"서연우."

다온은 어쩐지 말이 잘 나가지 않아, 이름을 불러놓고 한참을 망설였다. 어쩐지 손이 자꾸 오므라든다.

"너 나랑 같이 병원 좀 갈래? 정신과."

그럼에도 기어이 말을 꺼낸 건 몇 번이고 생각해 왔던 부분이기 때문이다. 생각만 하고 행동으로 옮기지 않았던 것.

"병원? 물론이지. 같이 가줄게."

연우는 다온의 말을 함께 병원에 가달라는 뜻으로 알아들은 듯했다. 나오는 대답이 몹시 산뜻했다.

"가서 내 진료도 보고…… 네 진료도 같이 봤으면 좋겠어. 괜찮아?"

핸드폰 너머로 정적이 깔린다. 길지는 않았다. 곧 연우가 곤란한 말투로 말했기에.

"다온아. 나는 괜찮아. 별 이상이 없는걸?"

"그럼 심리 상담은? 그건 어때?"

다온은 한층 더 조심스러워진 마음으로 물었다. 심리 상담이라면 연우도 받은 적이 있었다. 다온이 그걸 알고 있는 이유는, 연우가 학교폭력 가해자로서 학교 내에 있는 심리 센터에 드나드는 모습을 보았기 때문이다. 그렇지만 가해자로서 받는 상담이 연우의 마음을 치유하는 데 얼마나 도움이 되었을까.

"다온아. 나 정말 괜찮아. 혹시 무슨 일 있어? 갑자기 왜 그러는지 물어도 될까?"

"그냥, 이제까지 내가 너무 내 상처에만 매달린 것 같아서. 너도 분명히 상처받았고 스트레스도 있을 텐데 그걸 외면하고 살아온 것 같아."

연우에게 이런 말을 하려니 몸이 저절로 배배 꼬인다. 너무 머쓱하고 어색한 기분이었다. 그러나 그런 이유로 말하지 않으면…… 영원히 연우는 불행한 이로 남겠지. 그건 정말로 원하지 않는다.

다온은 누군가를 불행하게 한 이들을 처벌만 하면 된다고 생각했다. 그러면 불행한 자들이 자신을 넘어뜨린 불행에서 벗어날 수 있다고 생각했는데, 그렇지 않다. 불행한 이들이 처벌받는 것은 또 다른 문제였다. 이미 불행해진 자들을 불행에서 꺼내기 위해서는 노력이 필요했다. 적어도 '당신을 불행하게 한 자는 벌을 받았어요!' 하고 알리기라도 해야 하는 것이다.

그러나 연우에게는 그것조차 해주지 못했다. '널 불행하게 한 이가 벌을 받았다'라고 말할 수 없었다. 실제로 다온은 운 좋게 벌을 피해 갔으니까. 그러니 사실상 연우의 마음을 돌보는 것은 다온의 자기만족이고 나름의 속죄였다.

연우는 예상대로 정신과 진료든, 심리 상담이든 굉장히 꺼렸다. 알고 있다. 스스로의 의지로 치료받아야지 이런 걸 강요해서는 안 된다는 걸.

"같이 가자. 연우야."

그러나 그건 이상론이다. 쾅! 하고 제대로 넘어져 피를 철철 흘리는데 병원을 안 가겠다고 우기는 이를 정말로 집에 보내버릴 수는 없다. 다온은 자신에게 매우 약한 연우의 마음을 공략

해서 정신과와 심리 상담 센터에 같이 가자는 약속을 기어이 받아냈다.

일단 다온도 수업이 없고, 연우도 수업과 스케줄이 없는 날 정신과를 가기로 했다. 사실상 다온은 거의 매일 수업이 없었고 연우도 수업과 스케줄이 없는 날이 더 많았으므로 당장 다음 날로 약속이 정해졌다. 연우가 계속 곤란하다는 듯이 한숨을 푹푹 쉬었지만 다온은 과감하게 무시했다.

"서연우!"

"다온아. 차 끌고 온 거야? 내가 운전할게."

약속 당일. 다온은 차를 끌고 연우네 집 주차장까지 갔는데, 연우는 마치 면허증도 없는 미성년자가 운전대를 잡고 있는 것마냥 안절부절못했다. 다온은 조금 기가 막힌 심정으로 투덜거렸다.

"애초에 이 차도 네가 선물한 거면서 왜 내가 운전하는 꼴을 못 보냐? 그냥 옆에 타."

연우는 망설이면서 조수석에 올라탔다. 그러면서 기어이 한마디 했다.

"내가 차를 준 건 급할 때 쓰라고 그런 거야. 웬만하면 그냥 내가 운전할게."

"야. 병원 가는 게 급한 일 아니면 뭔데?"

다온은 퉁명스럽게 내뱉고 차를 출발시켰다. 어쩐지 연우에게는 고운 말이 잘 안 나온다. 습관이라는 핑계로 연우를 함부로 대한 역사가 너무 길어서 그렇다. 습관은 어느새 행동이 되고 성격이 되었다.

됐어. 다온은 입술을 살짝 깨물며, 자조적인 생각을 속에서 밀어냈다. 한 번에 아주 많이 바뀔 수는 없다.

'나는 이제 갓 운동을 시작한 사람인 거야. 처음은 스트레칭부터 천천히 하는 거지.'

그런 의미에서 다온은 연우를 살짝 돌아보고 비교적 차분한 말투로 말했다. 최선을 다한 말투였다.

"반강제적으로 데려가서 미안한데, 이렇게 안 하면 너는 백 퍼센트 치료 안 받을 것 같아서."

으, 쑥스러워. 다온은 속으로 진저리를 쳤다.

"이참에 나도 정신과 좀 옮기고, 한동안 안 받던 심리 상담도 다시 받고 그럴 건데, 같이하면 좋잖아."

다온은 재빨리 뒷말을 덧붙여 앞의 말의 무게를 덜어냈다. 안 그랬다간 차 안에서 질식사할 정도로 어색한 공기에 파묻혀야 했을 것이다. 연우는 내내 조용했다. 불만 어린 말을 내뱉지도 않았고, 그렇다고 한껏 어색해하는 다온을 달래지도 않았다.

다온은 자꾸만 연우를 힐끗 쳐다볼 수밖에 없었다. 그의 뒤늦은 수습이 연우의 상처를 후벼 파는 것일까 봐 걱정되었다.

다온이 병원을 찾아 차를 주차할 때까지도 침묵하던 연우는, 내릴 때가 되자 마치 시위하듯 입을 꾹 다물고 그 자리에서 버티고 앉았다.

"안 내려?"

"다온아, 아무리 생각해도 이건 아닌 것 같아."

"아니, 뭐가 그렇게 걸려? 정 이상 없다고 생각하면, 그냥 검사만 받는다고 생각해! 건강검진 받듯이!"

"그거랑은 다르잖아."

연우의 목소리가 무겁다.

"병원에 들어가서 내 과거를 얘기해야겠지. 내가 저지른 잘못들. 그것들 때문에 어디, 어디가 안 좋다고 설명하고 위로받고, 약을 타고……. 너무 뻔뻔한 짓 아냐?"

다온은 울컥하고 쏟아지는 감정을 연우에게 버리지 않도록 꾹 참아야 했다.

"뭐가 그렇게 복잡한데? 네 입으로 말했네. 어디가 안 좋다며. 그럼 그냥 그 부분만 치료받아. 네가 얘기하기 싫은 건 얘기하지 말고. 그리고 애초에!"

다온은 커지는 목소리를 의식하고 심호흡한 뒤 애써 목소리를 낮췄다.

"뭐가 뻔뻔한데. 네가 잘못한 것도 아닌데."

"그건 아니야. 다온아. 내 잘못이야."

"아니라고!"

"다온아. 내가 죄책감을 느낄 권리까지 빼앗진 말아주라."

무거운 한숨이 나온 게 다온의 입인지, 연우의 입인지 알 수 없었다. 다온은 연우에게 할 말이 너무 많았다. 그런데 그게 연우한테 가닿을까? 다온은 연우가 불행하지 않기를 바라서 여기까지 왔다.

그런데 죄책감을 느끼는 게 연우가 덜 불행한 방법이라면, 그럼 어떡하지? 다온은 눈을 꾹 감았다가 떴다. 어떡하긴. 연우의 방법을 바꿔야지. 스스로를 위로하는 방법을.

"야. 나, 이제까지 너 엄청나게 원망했거든?"

다온은 시동을 끈 차 안에서 핸들을 잡은 채 앞만 바라봤다.

"그게 당연하다고 생각했어. 잘못한 건 너라고. 그래서 부정적인 감정은 죄다 너한테 미뤄버렸어."

고백은 항상 그런 느낌이 있다. 자신이 한없이 초라하게 느껴지는 기분. 상대가 어떻게 반응할지 몰라 쿵쾅거리는 심장.

"근데 아니더라고. 객관적으로 보니까 알겠어. 나는 원망을 잘못된 방향으로 쏟고 있더라. 그게 편하다는 이유로. 근데 방향이 잘못됐다는 걸 알게 된 순간 너무 불편해졌어."

핸들을 잡은 손에 힘이 꾹 들어간다.

"정확히는 너무…… 숨이 막혀. 나는, 나는 그래서 네가 안 그랬으면 좋겠어. 엉뚱한 방향으로 잘못을 돌리다가 훗날 아, 이 방향이 아니구나 하고 느끼고 괴로워하지 않으면 좋겠어."

다온은 아주 큰 용기를 내어 옆을 쳐다보았다. 연우는 두 손을 모은 채 꼼지락거리며 고개를 숙이고 있었다. 이번에는 다온의 말이 연우에게 가 닿았을까? 알 수 없다.

"그러니까…… 그러니까 그냥 진료만 받아보자. 응?"

다온은 달래듯 연우를 설득했다. 거의 조르는 거나 마찬가지였다. 잽싸게 운전석을 빠져나와 조수석 문을 열고 연우의 팔을 끌어당겼다. 연우는 머뭇거리면서도 드디어 다온을 따라 발을 옮겼다. 무사히 접수까지 마치고 진료실 안으로 연우를 보내놓고 나니 어찌나 힘이 빠지는지. 다온은 대기실 안 소파에 늘어져 땀을 훔쳤다.

"이다온 씨 진료실 2번으로 들어가시면 됩니다."

아, 바로 다온의 차례인가 보다. 연우를 설득하기 위해 다온도 같이 진료를 받는다고 했으니, 자기가 한 말은 지켜야지.

다온은 익숙하게 진료실 문을 두드리고 들어갔다.

"안녕하세요?"

"안녕하세요."

인상 좋아 보이는 중년의 여자 의사였다. 뭐, 별다른 것 없는 과정이었다.

"저는 우울증이랑 불안장애가 있고요. 치료는 열다섯 살부터 받기 시작했어요. 좀 다니다, 안 다니다…… 그러긴 했는데 요즘에는 꾸준히 다니는 편이에요."

"이유요? 저희 엄마가 아빠한테 살해당했거든요. 아빠가 집에 불을 질러서."

"약 안 먹으면 잠을 못 자고 자해 충동에 시달렸는데 요즘은 그렇게까진 아니고요. 그냥 조금만 불안한 일이 있으면 바로 이성을 잃어요."

"요즘 특별한 일이요? 음……."

의사의 질문에 막힘없이 대답하던 다온은 이 질문에는 좀 망설였다. 특별한 일이 있기야 하지. 그러나 그걸 솔직하게 말할 수 있을 리 없었다. 그럼에도 다온은 입을 열었다.

"요즘 좀 특별한 봉사활동을 하고 있어요. 범죄 피해자나 억울한 일 당한 사람들을 돕는 일인데, 거기에 꽤 에너지를 쏟고 있어요."

"그건 좋은 일이네요. 그렇지만 조심할 부분도 있어요."

의사가 부드럽게 말했다.

"그 일에 지나치게 몰입하지 말아야 해요. 다온 씨가 겪은 일을 투영하고, 지나치게 분노하면 심한 스트레스가 될 거예요. 그 사람들과 다온 씨를 확실히 분리하셔야 해요."

"네. 주의할게요."

이미 많이 몰입하고 있는 것 같지만, 의사의 말도 맞았다. 자신과 다른 사람들을 분리할 것. 그렇게 순순히 고개를 끄덕이고는 약에 대해서 서로 의견을 주고받은 뒤 나왔다. 다온은 연우가 들어간 1 진료실을 빤히 쳐다봤다. 연우는 다온이 나오고 난 뒤에도 한참을 나오지 않았다.

다온은 잔잔한 음악이 흐르는 병원에 멍하니 앉아 붉은 책을 생각했다. 그 책엔 확실히 다온이 아는 사람이나 혹은 주변에 사는 사람 위주로 나왔다. 그런데도 다온이 그 사람들과 자신을 확실히 분리할 수 있을까? 이제까지 다온은 제대로 분리하는 데 성공했는가? 이대로 괜찮을까? 그러한 상념 끄트머리에서 연우가 진료실 밖으로 나오는 것이 보였다. 연우의 눈이 붉었다. 다온은 그런 연우를 애써 못 본 척하느라 온갖 노력을 기울였다. 둘은 연우의 진료에 대해서는 한마디도 하지 않은 채 차에 탔고, 다온은 연우를 집까지 데려다줬다. 연우는 묵묵히 차에서 내렸다. 그러더니 다시 고개를 쑥 하고 숙여 다온과 눈을 맞추었다.

"고마워. 다온아."

"내가 뭘 했다고. 고마우면 심리 상담도 같이 가. 알겠지?"

연우가 웃었다. 진심이라고 믿고 싶은 미소였다.

11.
불행한 이다온

제법 기분 좋은 하루였다. 다온은 방 침대에 발랑 누워서 책을 들어 보았다. 책이 벌써 19페이지를 넘어섰다. 20이라고 적혀 있는 숫자가 눈부셔 보였다. 이제 이것만 처리하면 다시 황금색 페이지가 뜨겠지? 다온은 이번에는 정말로 복권 같은데 이 기회를 쓸 생각이었다. 더 이상 연우에게 기대어 사는 것은 졸업해야 한다고 결심했다.

　졸업.

　다온은 나지막하게 신음을 흘렸다. 그러고 보니 어느새 졸업 논문을 써야 할 시기가 되었다. 좋았던 시절은 학교에 남겨 두고 낯선 세상으로 다시 발을 디뎌야 하는 셈이다. 굳이 논문이라는 끔찍한 과제까지 해가면서.

　"그냥 계속 대학생이었으면 좋겠다."

정말이었다. 다온은 지금 충분히 많은 책임을 떠안고 있었다. 사람들의 불행의 무게들을. 거기에 사회생활이라는 부담까지 안기는 싫은데, 어쩔 수 없었다. 시간은 흐르고 다온은 대학교 밖으로 나가야만 한다.

심란한 마음을 떨치는 데는 붉은 책에 집중하는 것만큼 나은 게 없었다. 다온은 책을 침대에 내려놓고 손을 뻗었다. 이번에는 너무 무거운 사연이 나오지 않으면 좋겠는데.

곧 시야가 울렁거리고 세상이 바뀌었다. 그리고 다온은 그 즉시 무언가 잘못됐다는 걸 깨달았다.

눈앞의 장면이 너무 익숙했다. 바로 앞에서 퍼져 흐르는 화마. 그걸 울부짖으며 바라만 보는 무력한 어린 학생.

다온이었다. 저 무시무시한 불을 잡아먹어 버릴 듯이 선명한 푸른빛으로 불타오르는.

다온의 손이 떨렸다. 아니 온몸이 떨렸다. 명치께가 너무 당겨서 주먹으로 가슴을 퍽퍽 쳤다. 직감이 이성보다 더 빠르게 알려주고 있었다. 이번 사건의 주인공들이 누구인지. 부들거리는 다온의 시야가 다시 한번 흔들리며 세상이 바뀌었다. 붉은빛이었다. 아까의 화마를 닮은 악마.

다온의 아빠였다. 그가 울부짖으며 허겁지겁 아파트 단지를 벗어나고 있었다.

"왜!"

다온은 그 누구에게도 들리지 않을 비명을 질렀다.

"왜 하나같이 우는 거야! 왜!"

왜 다온이 본 가해자들은 범죄를 저질러놓고 저렇게 서럽게 운단 말인가. 왜 자신의 아빠는 "미안해."라는 말을 수도 없이 중얼거리는 거냐고.

다온은 달렸다. 본인이 저지른 범죄를 피해 달아나는 자신의 아빠, 김상혁을 따라서 계속 달렸다. 김상혁은 한참을 이곳저곳으로 뛰어다녔다. 어디로 가야 할지 모르겠다는 듯이. 그러나 그가 결국 뜀박질을 멈추고 느린 걸음으로 도착한 곳은 경찰서였다.

그는 경찰서 안에 들어가자마자 보이는 사람 아무나 붙잡고 무릎 꿇은 채 흐느꼈다.

– 제가, 제가 불을 질렀습니다. 제가 그랬어요…….

더 이상 참을 수 없었다. 다온은 손을 뻗었다. 다온의 부들거리는 손이 붉은빛에 닿기 전, 멈추었다.

다온은 아주 천천히 손을 거두었다. 이대로라면 자신의 아빠는, 아니 범죄자 김상혁은 붉은 책이 정한 벌을 받을 것이다. 제가 죽으라고 외쳐도 아마 죽지 않을 가능성이 컸다. 책은 정당하다고 생각하는 수준의 벌을 내리는 것 같으므로.

그건 안 된다. 그럼 안 되지. 그는 죽어야만 했다. 반드시 죽는 꼴을 봐야 다온이 앞으로 숨을 쉬고 살아갈 수 있을 것 같았다.

다온이 다시 손을 뻗었다. 이번에는 붉은빛의 남자에게 손이 닿았다.

"병에 걸려 비참한 모습으로 가석방되어 사람들에게 외면당하기를."

지금까지 다온은 그를 더 이상 벌 줄 수 없다고 여겼다. 그러나 아니다. 자신에게는 이제 훌륭한 수단이 있었다. 그리고 다온은 아주 적극적으로 나설 것이다. 책은 그저 수단이고 벌은 자신이 내릴 것이다. 피해자인 이다온이.

다온은 그 공간을 빠져나와서 아주 한참을 울었다. 자신의 과거가 가엾고, 미래가 두려웠다. 그래도 멈출 수는 없었다. 다온은 선택했다. 자신의 손에 들린 무기를 휘두르기로.

그리고 다온은 일상을 보냈다. 병은 하루 이틀 만에 걸리는 게 아니니까.

다온은 때로는 취침 약을 두세 봉지씩 뜯어서 간신히 잠드는 주제에 다음 날 아침엔 멀쩡한 듯 일어나 해야 할 일을 했다. 머리를 쥐어뜯으며 졸업논문을 쓰고, 때때로 연우나 해준과 연락을 하기도 했다. 아니 사실은 그 둘과 꽤 자주 연락했다. 어쩌면 다시는 주변 사람들을 볼 수 없다고 생각하니 두 사람과의 인연이 여기까지라는 게 너무 아쉬워서일 수도 있었다.

너무 낡아 군데군데 끊어질 듯 껍질이 벗겨진 인연과 너무 짧고 가벼운 인연. 그것이 못내 아쉬웠다.

어느새 다온과 연우의 졸업논문 발표 날이 다가왔다. 얼기설기 이어 붙인 초라한 논문을 애써 잘 포장하며 무사히 발표한 다온은 자신보다 더 어설픈 연우의 논문 발표를 보며 애써 웃음을 참고 있었다.

연우가 '~에 따르면'을 열두 번쯤 말했을 때 다온의 핸드폰에서 진동이 울렸다. 화면에 모르는 번호가 떴다. 낯선 지역번호였다. 다온은 너무 당연하다는 듯이 알아챘다.

교도소구나. 때가 된 거야.

다온은 조용히 핸드폰을 내려놓고 연우의 발표와 수업이 모두 끝나기를 기다렸다. 이상하게 마음이 차분했다. 다온은 일부러 호흡을 크게 해보았다. 숨 쉬는 것도 문제가 없었다. 너무나 멀쩡했다. 다행이다. 막상 일이 닥치면 너무 떨려서 아무것도 못 할까 봐 걱정했는데. 몇 달 동안 일상을 보내며 몇 번이고 같은 장면을 상상한 보람이 있는 것 같았다.

그러니 잘 할 수 있다.

다온은 수업이 끝나고 데려다준다는 연우의 말을 거절하고 혼자서 걸어왔다. 조용히 통화할 시간이 필요했으므로. 다온은 부재중 전화로 남겨진 번호로 다시 전화를 걸었다.

"……재소자 김상혁 씨가 췌장암 말기 진단을 받고 더 이상 치료의 효과가 없다고 판단되어 가석방 판결이 내려졌습니다. 재소자는 가족에게 돌아가겠다고 말씀하시는데, 어떻게 할까요?"

"네. 제 주소를 알려드릴게요. 저도 보고 싶었거든요."

다온의 낯은 서늘하지도 감정적이지도 않았다. 그저 덤덤했다. 불을 질러 제 어머니를 죽게 만든 이를 자신의 곁으로 불러들인다는 말을 하는 사람에게 어울리는 표정은 아니었다. 그건 모든 것을 각오한 사람의 표정이었다. 앞으로 일어날 일을 완전히 책임지기로 한 사람의 얼굴.

다온은 모든 것이 끝난 후 울지 않으리라 결심했다. 제가 본 수많은 가해자들처럼 볼품없이 울며 후회하지 않으리라고, 몇 번을 다짐했다.

다온은 집으로 천천히 걸어갔다. 집에 도착해 도어 록 비밀번호를 익숙하게 누르는데, 순간 손이 미끄러졌다. 다온은 기다렸다는 듯이 바닥에 주저앉고 말았다. 차가운 복도에 쓰러지듯 엎어져 엉엉 울었다. 자신만 살고 있는 층에는 다온의 울음이 요란스럽게 가득했으나 아무도 문을 열어 위로해 주지 않았다. 그래서 다온은 홀로 일어났다. 비틀거리며 집 안으로 들어가 침대에 가만히 누웠다. 아직은 울어도 괜찮다. 일이 일어나기 전이니까, 그러니까 지금 마음껏 울고, 주저앉고 그러다가 눈물을 그치고 일어나자. 그렇게 하자. 다온은 수없이 중얼거렸다.

그리고 다온의 중얼거림 사이로 진동 소리가 끼어들었다. 다온은 저도 모르게 움찔했다. 바로 방금전에 교도소 측과 통화했는데 또 거기서 온 전화일 것 같지는 않다. 알면서도 다온은 손을 몇 번 쥐었다 폈다. 천천히 핸드폰으로 손을 뻗어 화면을 확인하자 〔이해준〕이라는 이름이 빛나고 있었다.

다온은 순순히 전화를 받았다. 어쩌면 목소리에 울음기가 남아있을지도 모르지만, 이제 그런 걸 신경 쓰기에는 남은 시간이 너무 부족했다.

"여보세요."

"다온아. 다름이 아니라 책이랑 관련해서 말할 게 있어서."

공교롭게도 그 책 문제였다. 다온은 책상 위에 아무렇게나 올려둔 붉은 책에 시선을 주었다.

"응."

"내 책에 또 네가 나왔어. 두 번이나 같은 사람이 내 책에 나온 적은 한 번도 없었는데 신기하기도 하고……. 너한테 알려주고 싶어서 전화했어."

푸른 책에 다온이 나왔단다. 또 누군가를 행복하게 해준 걸까? 다온은 입술을 깨물었다. 왜, 왜 하필이면 지금.

"……누군데?"

"어, 근데 다온아 너 어디 아파? 목소리가 좀 이상한 것 같아서."

"자다 일어나서 그래. 누군지 말해 줄 수 있어?"

"음, 연우 씨야. 네가 서연우 씨를 행복하게 해준 사람으로 내 책에 나왔어."

"아, 아…… 그렇구나. 서연우."

다온은 멍하니 연우의 얼굴을 떠올렸다. 피해자의 얼굴로 제 책에 나온 연우를. 저로 인해 불행해졌던 가여운 친구를.

그러나 연우는 다온으로 인해 행복해졌다. 언제, 어떻게? 언제 저를 두고 행복해졌나. 연우의 얼굴이, 목소리가 연신 떠오른다. 연우를 당장 불러서 물어보고 싶었다. 어떻게 행복해졌어? 나한테 알려줘. 제발. 아니, 정말이야? 정말로 너는 행복해? 어떻게 그럴 수가 있어? 내가 네 인생을 엉망으로 만들어버렸는데, 너를 불행하게 만들어버렸는데…….

다온은 결국 핸드폰을 침대 위로 집어 던지고 끅끅 울어댔다. 이건 너무 이상하다. 정말로 서연우는 행복했다. 책이 보증

하고 있었으니까 이건 분명한 사실이었다.

다온이 자신을 불행하게 만들었는데도 행복하게 해준 원인으로 다온을 꼽았다.

연우를 가장 행복하게 해준 것은 다온이었다. 다온은 그 사실을 도무지 견디기 어려웠다. 자신은 과거의 불행에 발목이 잡혀 더한 불행으로 걸어 들어가기 직전인데, 어떻게 연우는 행복해질 수 있었을까? 똑같이 아버지의 가정폭력으로 삶이 일그러졌는데, 왜 이렇게 다를까?

다온은 푸른 책에 두 번이나 등장했지만, 단 한 번도 '행복한 자'로 나오지 못했다.

"이게 정상 아냐? 내가 보통이 아니냐고."

다온은 누구에게라고 할 것 없이 따지듯 말했다. 이불에 고개를 푹 숙이고 웅얼거렸다.

"아냐. 나는 원래 이런 애라서 그런 거야. 난 연우랑은 달라. 난 살인자의 딸이잖아 다른 사람이랑 달라. 그리고 나는, 나는…… 가해자잖아……."

다온의 말이 먹먹하게 이불 속에 먹혀 들어갔다.

그때 이불 속 어딘가에서 울리기 시작하는 진동 소리에 다온이 퍼뜩 고개를 들었다. 잔뜩 예민해져서인지 침대 위에서 울리는 핸드폰 진동 소리가 마치 천둥 같았다.

또 해준이었다. 어느새 끊어진 전화 뒤에 다시 전화한 것이다. 다온은 떨리는 손으로 그 전화를 받았다.

"다온아. 괜찮아? 계속 불러도 우는 소리만 들리고. 그래서 끊었다가 다시 전화 걸었어. 무슨 일이 있는 거야?"

이제는 제법 친밀해진 해준의 상냥한 말이 다온을 무너뜨리고 말았다.

"해주, 해준아."

눈물에 잔뜩 젖은 말이 더듬더듬 튀어나왔다. 사실은 그랬다. 다온은 내내 누군가에게 모두 말해버리고 싶었다.

"나 죽여버릴 거야. 우리 엄마 죽인 사람, 죽일 거라고."

"다온아? 무슨 얘기야?"

"그러니까 축복도 다 필요 없어. 나한테 필요한 건 축복이 아니야. 그냥 나 불행하게 한 사람이 더욱 불행해지는 거, 그거면 돼. 그러니까 너는 헛수고를 한 거야. 나한테 무슨 축복을 내렸든 다 소용이 없다고!"

다온은 마지막에는 거의 소리를 지르듯 말했다. 괜한 화풀이였다. 그걸 알면서도 다온은 소리를 질러댔다.

"행복하고, 행복하게 만들고 그딴 거 다 부질없어. 나는 내 손으로 직접 벌을 줄 거야. 애초에 이 책, 그러려고 내 손에 들어왔나 봐. 복수하라고, 그러라고 나한테 온 거야."

"다온아."

다온은 그대로 전화를 끊었다. 몸을 한껏 웅크려 누운 채로 핸드폰은 바닥에 던져버렸다. 시끄러운 소리와 함께 핸드폰이 부서지는 소리가 들렸다. 아무 상관 없었다. 그냥, 다온은 하루 빨리 살인자가 자신의 집에 찾아오기를 바랐다.

그런데 진동 소리가 계속, 계속 울렸다. 완전히 부서지지 않은 핸드폰이 수십 번, 수백 번 몸을 떨면서 다온을 불렀다. 다온은 귀를 막고, 소리를 질렀다.

"그만해! 그만하라고!"

다온이 고래고래 소리를 몇 번 질렀을 때쯤 진동이 멈췄다. 세상이 다시 고요해졌다. 다온은 기꺼이 고요한 지옥 속에 자신의 몸을 던졌다.

누군가 집 문을 쾅쾅 두드려대기 전까진.

다온은 대답하지 않았다. 문 앞의 사람이 누구든 자신이 기다리는 이는 아닐 것이다. 그러니 문을 열어줄 필요가 없었다. 그러나 다온은 문 앞의 '누군가'가 이들일 줄은 몰랐다.

"이다온 씨 괜찮으십니까? 친구분 신고 받고 왔습니다! 문 좀 열어주십시오! 안 열어주시면 강제로 열겠습니다."

"하!"

지옥에 침잠해 있던 다온이 갑자기 흰실로 끌어올려졌다.

기가 막혀서 어이없는 웃음이 터졌다. 해준은 다온의 집 주소를 모른다. 연우의 번호도 모른다. 그래서 그가 선택한 방법은 119에 전화하는 것이었다. 창의적인 방법에 다온은 웃음을 도무지 멈출 수가 없었다. 다온은 깔깔 웃으며 침대에서 일어나 현관문을 열어주었다.

문 앞에 즐비한 구급대원들은 눈물범벅인 채로 웃는 다온에게 조심스럽게 접근했다.

"괜찮습니까?"

"아뇨. 안 괜찮아요."

다온이 말했다.

"제가 누굴 죽일 계획인데요, 혹시 말려주실 수 있나요?"

다온은 상냥한 친구가 보내준 이들에게 자신의 계획을 모조리 털어놓았다. 췌장암으로 죽어가는 제 아비를 확실히 죽여버릴 계획이라고.

그들은 당황했고, 놀라워했지만, 슬퍼해 줬다. 여자 대원은 조심스럽게 다온을 안고 토닥거려 주기까지 했다. 아래층에서 문이 열리는 소리가 여럿 들린다. 다온은 울고, 웃고, 그러다가 힘이 빠져 구급대원의 부축을 받아 거실 소파 위에 눕듯이 앉았다. 그리고 누군가 부를 사람이 없는지 묻는 말에 다온은 순순히 연우의 번호를 불렀다.

구급대원이 연우에게 무슨 말을 했는지 모르겠지만, 연우는 정말로 빠르게 다온에게 도착했다.

"다온아!"

연우는 다온에게로 달려들다시피 뛰어들어 그 앞에 무릎을 꿇었다.

"그러지 마. 다온아. 차라리 내가 할게. 내가 할 테니까 너는 그러지 마, 제발, 제발, 제발."

다온은 그런 연우의 모습을 물끄러미 쳐다보다가 연우를 꽉 끌어안았다.

"이제 못 해. 구급대원분이 경찰에 신고했거든. 그 살인자 새끼 우리 집에 안 오고 따로 보호한대. 웃기지?"

"응, 응. 다행이다. 다행이야."

연우는 다온의 말을 제대로 이해했는지 못 했는지 그저 다온을 마주 안고 몇 번이고 그 등을 쓰다듬을 뿐이었다.

우습게도 다온이 준비했던 진지한 계획은 그렇게 끝이 났다. 다온은 살인자이자 친아빠인 그의 발끝도 보지 못했다. 그리고 앞으로도 보지 않을 것이다. 그냥 그렇게 살아갈 것이다. 췌장암에 걸려 고통스럽게 죽어갈 테니, 그걸로 되었다.

"해준아, 그래서 결국 네가 나한테 준 축복은 뭐였어?"

해준과 직접 만난 건 그 소동으로부터 일주일이 지난 후였다. 그동안 해준은 다온에게 아주 많이 전화했고, 다온은 대부분 그 전화를 받아주었다.

오늘 다온은 연우와 함께 해준을 만나러 왔다. 그리고 대뜸 물었다. 두 번째로 해준의 책에 나온 다온에게 준 상은 무엇이냐고.

"그냥, 별거 아닌데."

해준이 쑥스러운 듯 망설이다가 말을 꺼냈다.

"그냥 네가 행복해지라고. 그렇게 말했어."

행복. 그 얼마나 추상적인 말인가. 정의도 한계도 애매한 그 행복이 정말로 다온이 만족할 만큼 올지 전혀 알 수 없지만, 다온은 웃음을 터트렸다.

"소원이 중복되면 두 배로 이루어지려나?"

"응?"

연우와 해준이 동시에 다온을 돌아보면서 의아한 얼굴을 했다. 다온은 아무 말 없이 가방에서 붉은 책을 꺼냈다. 20이라고 적힌 숫자 옆, 아무것도 없는 흰 종이를.

사실 황금색 페이지가 어떤 식으로 다온을 행복하게 해줄지, 해준의 축복이 언제 나타날지 전혀 몰랐다. 어쩌면 다온이 전혀 만족하지 못하는 방법일 수도 있었다.

그러나 다온은 행복해지기로 마음먹었다.

누군가를 불행하게 한 자에게는 불행을, 누군가를 행복하게 한 자에게는 행복을.

그 말도 안 되는 일이 아주 드물게나마 이루어지는 세상에서 살아가고 있으니까.

불행한 당신을 위하여

2023년 3월 9일 초판 1쇄 발행

지은이 김다윤
펴낸이 박시형, 최세현

책임편집 김혜정 **디자인** 정아연
마케팅 권금숙, 양근모, 양봉호, 이주형 **온라인홍보팀** 신하은, 정문희, 현나래
디지털콘텐츠 김명래, 최은정, 김혜정, 서유정 **해외기획** 우정민, 배혜림
경영지원 홍성택, 김현우, 강신우 **제작** 이진영
펴낸곳 팩토리나인 **출판신고** 2006년 9월 25일 제406-2006-000210호
주소 서울시 마포구 월드컵북로 396 누리꿈스퀘어 비즈니스타워 18층
전화 02-6712-9800 **팩스** 02-6712-9810 **이메일** info@smpk.kr

ⓒ 김다윤(저작권자와 맺은 특약에 따라 검인을 생략합니다)
ISBN 979-11-6534-706-2(03810)

쌤앤파커스(Sam&Parkers)는 독자 여러분의 책에 관한 아이디어와 원고 투고를 설레는 마음으로 기다리고 있습니다. 책으로 엮기를 원하는 아이디어가 있으신 분은 이메일 book@smpk.kr로 간단한 개요와 취지, 연락처 등을 보내주세요. 머뭇거리지 말고 문을 두드리세요. 길이 열립니다.